귀여우면 변태라도 좋아해 주실 수 있나요?

8

하나마 토모 지음
sune 일러스트
심희정 옮김

케이키가 침을 삼켰고
시호가 마지막 선을
넘으려던 그 순간──.

이제 빼빼로는 거의 남지 않았다.
숨결조차 느껴지는 거리에
서로의 얼굴이 있었고
이 이상 더 베어 먹는다면
정말 키스에 이르고 말 것이다.

"역시
케이키 선배도
쉽게 넘어오겠죠?"

목차

귀여우면 변태라도
좋아해주실 수 있나요?
8

하나마 토모 지음 | sune 일러스트 | **심희정** 옮김

SNOVEL

컬러, 본문 일러스트 | sune

"—우리, 사귀지 않을래?"

순간 그 말의 의미를 케이키는 이해하지 못했다.

방과 후 학생회실에서, 자기 눈앞에 서 있던 시호가 내뱉은 폭탄 발언은 키류 소년의 마음을 이상할 정도로 뒤흔들었다.

(무슨 뜻이지?! 왜 타카사키 선배가 그런 말을?!)

케이키가 아니래도 미소녀에게 그런 말을 듣고 동요하지 않을 남자는 없을 것이다.

상황은 전혀 이해되지 않았지만 대답을 안 할 수도 없었다.

일단 냉정하게 그녀의 진의를 확인해보자.

"사, 사귀자니……무, 무무무, 무슨 의미인가용?!"

씹었다. 온 힘을 다해 혀를 씹고 소리가 완전 뒤집혔다.

요컨대 전혀 냉정해지지 못했다는 뜻이다.

동요를 숨기지 못하는 후배에게 좀 쑥스러운 듯 그녀는 말했다.

"말 그대로야. 남녀교제라든가 남친, 여친의 관계라든가 그런 의미로 사용했어."

"이게 무슨 일이지……?"

여자에게 이런 말을 들으면 많은 남자들은 기대로 가슴이 부풀 것이다.

하지만 키류 케이키라는 남자는 달랐다.

(이건 대체 무슨 덫이지?!)

케이키가 품고 있는 건 아련한 기대가 아니라 강한 불신 감이었다.

지금까지 무수히 많은 미소녀들과 좋은 분위기를 연출했던 케이키였지만 그 모든 루트는 변태적인 결말로 막을 내렸다.

몇 번이나 속았기 때문에 이성이 내뱉은 달콤한 말을 믿을 수 없게 되고 말았다.

방어 반응의 근원에 있는 건 '또 지독한 일을 당할지도 모른다'라는 공포.

짐승이 덫을 경계하듯 자연스럽게 시호에 대한 대응도 신중해졌다.

"그러니까…… 그건, 무슨 농담인가요?"

"……농담으로 이런 말을 하진 않아."

후배의 질문에 학생회장이 토라진 듯 입을 삐죽거렸다.

(뭐야, 그 귀여운 반응은?! 그런 얼굴을 하면 역시 나도 기대하게 되잖아!! 봄날 같은 날들의 도래를 진심으로 기대하게 된다고요!!)

또다시 마음이 흔들렸지만 그래도 어떻게든 평정을 가장해 다시 질문했다.

"그, 그럼 선배는 저, 저저저저에게 반했다는 뜻인가요?!"

"물론 싫진 않지만 연애 감정이 있냐고 묻는다면 그건 NO라고 해야겠지?"

"그렇겠죠."

하지만 그렇게 되면 다른 의문이 생긴다.

"그럼 왜 사귀자는 이야기를 꺼낸 거예요?"

"으음……."

핵심을 찌르는 질문에 그녀의 얼굴에서 웃음기가 사라졌다.

방금까지의 밝은 표정에서 180도 바뀌어 어딘가 긴장한 분위기가 감돌았다.

"말하기 좀 힘든데……."

"무슨 일…… 있었어요?"

"실은…… 최근, 계속 누군가가 날 지켜보는 것 같아."

"지켜본다고요?"

"복도를 걷고 있을 때나 하교하는 길에도 뒤에 누군가가 있는 것 같은……그런 기척을 느낄 때가 있어."

"그건, 스토커라는 거예요?"

"아하하, 그렇게 되는 건가?"

"큰 사건이잖아요. 웃을 일이 아니에요."

한 마디로 스토커라고 했지만 그 종류는 여러 갈래로 나

닌다.

집요하게 표적의 뒤를 악착스럽게 따라다니거나, 도촬, 도청도 불사하거나, 최악의 경우 폭력을 가할 우려도 있었다.

코하루를 옹호하는 건 아니지만 그녀는 꽤 양심적인 스토커였다.

"나도 실제로 상대의 얼굴을 본 건 아니지만. ……다만, 계속 뒤를 쫓아오는 듯한 기분이 들고, 시선 같은 걸 느끼게 되니까 좀 무서워서……."

"과연……."

확실한 증거는 없지만 아니 땐 굴뚝에 연기가 나지 않는다고 하지 않는가.

미인에다 붙임성 좋은 시호를 짝사랑하는 남자는 많을 것이고 그중 누군가의 연심이 악화되어 스토커로 바뀌었다고 해도 이상하지 않았다.

"하지만 그렇다면 선생님께 상담하는 게 낫지 않을까요?"

"으음—, 하지만 그저 기분 탓일지도 모르니까. 지금 현재 실질적인 피해를 입은 것도 아니니까 일을 크게 만들고 싶지 않아."

"마음은 이해하지만……."

애초부터 확실한 증거도 없는 이야기.

스토커의 실재조차 의심스럽다면 제대로 상대해줄지도 알 수 없었다.

학생회장의 입장에서는 교내에서의 분쟁은 환영할 수 없는 일일 것이고 이 일을 크게 만들고 싶지 않다는 그녀의 의견은 이해할 수 있었다.

  "그럼 아까 이야기로 돌아가서. 만약 정말 스토커가 있다고 했을 때, 나에게 남자친구가 생긴다면 포기해주지 않을까 해서."

  "그런 거였군요."

  아무리 그래도 고백이 너무 갑작스러운 것 같더니만 그런 의도가 있었던 것이었다.

  "그래서 당분간 연인인 척해주면 도움이 될 것 같은데."

  "으―음……."

  정말 스토커가 있다면 위장 남친은 확실히 유효한 작전일지도 모른다.

  다만 그건 즉, 척을 한다고 해도 그녀의 연인이 된다는 뜻.

  사정이 있다고 해도 주위 사람들을 속이는 건 내키지 않았다.

  "……케이키는 내가 싫어?"

  "네?"

  "하는 척만 한다고 해도 나랑 사귀고 싶지 않을 정도로 내가 싫은…… 거야?"

  "아뇨, 그런 건 아니지만……."

  그런 말투는 좀 치사하지 않은가.

슬퍼 보이는 표정이나 매달리듯 눈을 위로 치켜뜨고 바라보는 건 정말 치사하다고 생각한다.

쩔쩔매는 남자 후배에게 여자 선배가 손을 마주 대고 다그치며 질문했다.

"부탁이야! 대신 계약 기간 중에는 진짜 케이키의 여친이 되어줄게! 네가 동경하던 귀여운 여친과의 청춘을 유사 체험할 수 있어!"

"유사 체험이라니⋯⋯."

"이런 일을 부탁할 수 있는 게 케이키밖에 없단 말이야."

"으윽⋯⋯."

호화 특전은 둘째 치고 그녀가 곤란한 상황인 건 사실이었다.

곤란해 하는 여자아이를 못 본 척하는 건 케이키의 주의에 반하는 일이었다.

정말 스토커가 존재한다면 보디가드가 필요하겠지.

"알겠어요. 제가 할게요."

"정말?!"

"타카사키 선배에겐 서예부 부비 문제로 도움을 받아 빚을 진 것도 있으니까요."

"고마워!"

몹시 감동한 모습의 시호가 양손으로 케이키의 손을 꽉붙잡았다.

그녀의 부드러운 손에 얼굴이 좀 뜨거워졌다.

변태 소녀들 덕분에 조금씩 익숙해졌다고는 해도 아직 이성과 맞닿으면 긴장해버리는 케이키였다.

시호와 연인 계약을 맺은 그 다음 날.

4교시 수업이 끝나고 영어선생님이 교실을 나가자 자리에서 일어난 마오가 케이키에게로 다가왔다.

"키류, 아키야마, 점심 같이 먹지 않을래?"

교과서와 노트를 책상 서랍에 넣고 있던 케이키와 그 뒤에서 같은 작업을 하고 있던 쇼마를 향한 점심 초대.

그녀의 질문에

"미안, 마오. 난 코하루랑 약속이 있어서."

미안한 듯 대답하며 쇼마가 도시락 주머니를 들고 자리에서 일어났다.

"그럼 다녀올게."

그렇게 그는 서둘러 교실을 벗어났다.

아키야마 쇼마는 합법 로리 선배인 오오토리 코하루와 교제 중이었다.

그렇기 때문에 점심시간에는 사랑스러운 여자친구가 기다리는 천문부로 향하는 게 일과였다.

친구의 점심 초대보다 연인을 선택한 꽃미남을 향해 마오가 불만스러운 듯 혀를 찼다.

"치잇, 키류와 아키야마가 비엔나소시지를 서로 먹여주는 그림이 필요했는데."

"안심해. 설령 쇼마가 남는다고 해도 서로 먹여줄 일은 없을 테니까."

"그럼 서로의 굵은 프랑크푸르트를─."

"그만해, 난죠. 그 이상은 안 돼."

대낮에 교실에서 할 만한 이야기가 아니었다.

부적절한 발언을 나무라자 마오는 한쪽으로 묶은 머리를 휘날리며 '흥' 하고 기분 나쁜 듯 콧소리를 냈다.

"아키야마 녀석, 여자친구 생겼다고 너무 비협조적인 거 아니야?"

"뭐, 연인이 생기면 보통은 그쪽을 우선하게 되니까."

친구와 연인이라면 케이키도 연인을 선택할 것이다.

"확실히 스승님은 귀엽지만 아키야마가 그런 상태라면 너희들이 같이 있는 시간이 줄어들어서 소재를 모으는 게 힘들어진단 말이야."

"그 주장, 다시 들어보니 난폭한 데에도 정도가 있다고 생각해."

아주 심각한 억지 주장이었다.

참고로 '스승님'이라는 건 코하루를 뜻하는 것으로 슬럼프 때문에 신세를 진 이후 마오는 그녀를 소녀만화의 스승님으로서 존경하고 있었다.

"불평하고 싶어진다니까. 나에게 소재 부족은 사활이 걸린 문제니까."

"그럼 우리와는 다른 모델을 찾아보는 게 좋지 않겠어?"

"무리야. 너희 이상으로 아름다운 커플링은 따로 없거든."

"커플링이라고 하지 마."

"소재 발굴에 전면적으로 협조해준다면 알바비를 낼게."

"최종적으로 팬티까지 벗길 것 같아서 사양할게."

19금 자극적인 BL 만화를 생산하는 마오였다. 쉽게 맡으면 억지로 누드모델까지 시킬지도 모른다.

여자 동급생에게 나체를 과시하는 취미는 없었다.

"뭐, 행복해보이니 무엇보다 다행이지만. 어쩔 수 없으니 오늘은 둘이서 먹자."

"아, 미안. 나도 오늘은 사정이 있어서."

"응? 무슨 볼일이라도?"

"아, 조금."

가방 안에서 미즈하가 직접 만든 도시락을 꺼내 들고 케이키도 자리에서 일어났다.

"미안. 약속에 늦어서 이만 가봐야겠다."

"앗, 잠깐만, 키류?!"

말리는 목소리도 듣지 않은 채 케이키는 잰걸음으로 교실을 나갔다.

도시락 주머니를 손에 들고 교실을 나서는 남학생의 뒷모습을 바라보며 남겨진 마오가 의심스러운 듯 중얼거렸다.

"……뭐야, 대체?"

여자친구가 있는 쇼마는 그렇다 치고 케이키까지…….

약속이라고 했는데, 서예부 누군가와 약속이라도 한 걸까?

하지만 그렇다면 딱히 숨길 필요는 없었겠지.

그렇다면 서예부 부원들 말고 함께 도시락 먹을 여자가 있다거나—?

"설마……."

거기까지 생각하고는 그럴 리가 없다고 자신의 추측을 떨쳐 버렸다.

그런 시원찮은 남자와 사귈 만한 여자가 그렇게 많을 것 같진 않았고 자신의 생각이 지나쳤다고 억지로 납득하려 했다.

하지만 마오의 마음속에 생긴 의심은 언제까지고 지워지지 않았다.

교실을 뒤로 한 케이키는 그 길로 건물 1층으로 향했다.

협력을 약속한 시호와 만나기 위해.

굳이 말할 것까지도 없이 학생회장이라는 직무는 바빴다.

서류 업무에 다른 임원들의 지휘, 행사 준비나 교사진과의 절충 등 회장으로서의 업무는 여러 갈래에 걸쳐 있었다.

그런 사정이 있고 일 때문에 바빠 방과 후에는 좀처럼 시간을 낼 수 없었기 때문에 첫날의 밀회는 점심시간에 결행하게 되었다.

약속 장소인 중앙정원으로 향하자 벤치에 앉아 있던 시호가 케이키를 보고 웃는 얼굴로 손을 흔들어주었다.

"죄송해요. 오래 기다리셨어요?"

"아니, 나도 방금 왔어."

"이 대화, 왠지 진짜 연인 같네요."

"아하하, 나도 그렇게 생각했어."

후배가 던진 대화의 공을 그녀는 밝게 웃으며 되받아쳤다.

이 미소를 지키는 것이 이번에 주어진 케이키의 임무였다.

"그럼 케이키. 오늘은 연인인 척, 잘 부탁해."

"맡겨주세요."

자신을 향한 기대에 진지한 얼굴로 고개를 끄덕이며 답했다.

"스토커를 격퇴하기 위해서니까요. 온 힘을 다해 다정한 모습을 연출해봐요."

그래, 멋진 여자 선배와 그저 점심을 먹기 위해 중앙정원까지 나온 게 아니었다.

이렇게 그녀와 합류한 건 스토커 퇴치를 위한 포석.

그렇다고 해도 계획은 단순하고 명쾌했다.

타카사키 시호와 온 힘을 다해 연인 플레이를 하는 것. 그것뿐이었다.

학생회장을 따라다니는 범인이 케이키와 시호가 사귀고

있다고 생각하게 만들어 시호를 포기하게 만드는 게 목적이었다.

그런 이유로 바로 남자친구 역으로 그녀 옆에 앉긴 했는데…….

"아, 거긴 좀 먼 것 같은데."

평소처럼 앉았지만 의뢰인에게서 그런 지적이 있어,

"이 정도면 어때요?"

"으음―, 조금 더 이쪽으로……조금만 더……응, 이 정도면 되려나? 좋아, 좋아."

세세한 리테이크 후 겨우 OK가 떨어졌다.

"하지만 이건 너무 가깝지 않아요?"

"연인 사이니까. 이 정도는 보통이야."

그렇게 말하며 지시를 내린 본인은 만족스럽게 웃었다.

벤치에 걸터앉은 두 사람 사이에는 거의 빈틈이 없는 상태.

꽤 부끄러웠지만 분명 커플스러운 분위기는 연출할 수 있었다.

두 사람의 포지션이 결정됐기 때문에 작전은 다음 단계로 넘어갔다.

각자 도시락과 수저를 준비하고 친밀도를 과시할 만한 점심시간을 개시했다.

"커플이라면 역시 점심은 같이 먹어야지."

"커플들은 무턱대고 같이 있으니까요."

사귄 지 얼마 되지 않은 커플이라면 24시간 내내 함께 있다는 이미지가 강하다.

절찬 교제 중인 쇼마와 코하루 커플도 점심은 자주 함께 먹었고 쉬는 시간마다 스마트폰으로 연락을 하기도 했다.

방과 후에도 꽤 빈번하게 같이 돌아가기도 했고.

동서고금, 다정한 남녀는 대부분 커플이라고 취급되었다.

그런 이치라면 이렇게 사이좋게 점심을 먹고 있는 케이키와 시호도 높은 확률로 커플이라고 인식될 것이다.

"케이키의 도시락은 여동생이 만들어준 거지?"

"네, 저희 집은 일 때문에 부모님이 집에 안 계셔서 동생이 굉장히 도움이 많이 돼요. 역시 누구나 갖고 있어야 하는 건 요리를 잘하는 여동생인 것 같아요."

"문화제 때 오므라이스도 맛있었는데. 대단하다. 나도 간단한 요리라면 할 수 있지만 그렇게까지 능숙하진 않거든."

"전 거의 못 하니까 그것만으로도 굉장하다고 생각해요."

실제로 케이키가 만들 수 있는 건 계란프라이라든가 시판되는 야키소바라든가 그 정도였다.

미니 햄버그를 입에 넣으면서 미즈하의 위대함을 다시 한번 깨달았다.

"으―음……."

"타카사키 선배? 왜 그러세요?"

"생각을 좀 해봤는데, 그냥 도시락을 먹기만 하는 건 커플이라기에는 좀 약한 것 같지 않아? 기껏해야 정말 사이좋은 친구처럼 보일 것 같은데."

"그런가요?"

"요즘 젊은 애들은 앞서나가는 편이잖아? 그러니까 여기선 좀 더 공격적으로 나가야 해. 한 방에 커플이라는 걸 알 만한 임팩트가 필요할 것 같아."

"선배도 젊은 세대의 일원이잖아요…… 하지만, 하고 싶은 말이 뭔지는 알겠어요."

현재, 케이키와 시호는 함께 도시락만 먹고 있었다.

시호의 말대로 이래서야 '사이좋은 친구'라고 생각하고 끝날지도 모른다.

그렇다면 확실히 커플이라고 인정받기 위한 플랜이 필요했다.

"하지만 어떻게 임팩트를 보여주죠?"

"이런 건 어때?"

시호가 젓가락을 사용해 자신의 도시락 통에서 계란말이를 집어 들었다.

그리고 그걸 옆에 앉은 후배에게 내밀었다.

"자, 아—앙?"

"네?! 아—앙……이라고?!"

"응, 이거라면 진짜 커플로 보일 거야."

"그렇겠죠. 그건 완전히 커플로 보이겠죠. 틀림없이 바보 커플로 보일 거예요."

"그렇지?"

"디민, 이 작전에는 큰 문제가 있어요."

"뭔데?"

"제가 엄청 부끄럽다는 거죠!"

"괜찮아. 나도 엄청 부끄러우니까♪"

"네에……?"

아무래도 놓아줄 생각이 없는 것 같았다.

게다가 더더욱 질이 나쁜 건 그녀가 케이키가 곤란하다는 걸 알고 이런 짓을 한다는 것이었다.

"후훗♪"

그 증거가 이 만면에 가득한 미소였다.

싱글싱글 웃는 표정이 사랑스럽기도 하고 얄밉기도 했다.

(이 사람, 분명 즐기고 있어…….)

임시 임원일 때 알게 된 일인데 학생회장님은 재미있는 걸 아주 좋아하는 사람이었다.

재미있는 일이 생길 것 같다는 이유로 린타로의 성별을 입 다물고 있을 정도로 장난을 좋아하는 누님이었다.

"빨리 안 먹으면 이상하게 생각할 거야."

"크윽……."

그렇다. 지금 이 순간에도 스토커는 이쪽을 감시하고 있을지 모른다.

여기서 주저하면 범인이 수상하게 여길 가능성이 있었다.

"……."

갈등 끝에 자신을 향해 내밀어진 계란말이를 응시했다.

여긴 중앙정원. 건물로 둘러싸인 구조상 꽤 남의 눈에 띄는 공간이었다.

그런 장소에서 도시락을 먹여주는 건 솔직히 꽤 부끄러웠지만……

이것도 시호를 스토커에게서 구하기 위한 일. 나아가서는 학교의 평화를 지키기 위한 일이었다.

그렇기 때문에—.

"아, 아—앙……."

먹었다.

알맞게 구워진 계란말이를 한입에 받아먹었다.

입에 들어간 노란색 음식물을 꼭꼭 씹었다.

"맛있어?"

"육수가 잘 우러나서 맛있네요."

"우리 엄마가 자랑하는 계란말이니까."

"선배 어머니께선 요리를 잘하시는군요."

"그럼 여기 있는 닭튀김도 줄게. 자, 아—앙."

"아—앙……."

이렇게 된 이상 자포자기 상태였다.

이번에는 일절 저항하지 않고 순순히 닭튀김을 받아먹

었다.

좀 식긴 했지만 육즙이 나와서 이것도 굉장히 맛있었다.

"좋아, 좋아, 꽤 커플다워졌어."

"그렇지 않으면 수고한 보람이 없으니까요."

"케이키 얼굴, 엄청 빨개졌어."

"미인 선배와 간접키스를 하면 누구든 이렇게 될걸요."

"뭐……? 가, 간접 키스……?"

이제 와서 깨달은 듯 시호가 자신의 젓가락으로 시선을 옮겼고 그 얼굴을 빨갛게 물들였다.

"타카사키 선배 얼굴도 새빨개요."

"정말, 놀리지 마!"

어쨌든 와자지껄하게 점심을 만끽한 두 사람은 어디서 봐도 어엿한 커플처럼 보였다.

노리는 대로 러브러브 커플을 흉내 낸 건 틀림없지만…….

(나, 스토커의 칼에 찔리진 않겠지?)

미인 선배에게 도시락을 받아먹는 명예를 하사받았다.

이걸 본 범인의 원망을 사 기습당하는 건 아닐지 불안해졌다.

(아니, 이 상황을 서예부 부원들이 보면 곤란한 거 아니야?)

시호의 의뢰를 받아들였을 때 거기까진 생각하지 않았다.

사실 이번 임무에 있어서 가장 경계해야 할 존재는 스토커가 아니었다.

분명 서예부 변태 소녀들이었다.

주인이 되어달라거나 노예로 삼고 싶다는 등 변태적인 이유로 케이키를 노리는 변태 군단.

그녀들에게 시호와의 연인 플레이를 들켰을 때 귀찮은 일이 생길 거라는 건 틀림없었다.

스토커에게 어필하기 위해서는 눈에 띌 필요가 있었다.

하지만 그렇게 하면 서예부 부원들에게 발견될 확률이 높아진다.

이대로 연인놀이를 계속한다면 그녀들에게 알려지는 건 시간문제겠지.

그렇게 거기까지 사고를 발전시키고 있을 때였다.

"너~무~서~운~해~……."

"?!"

어디선가 들리는 원망하고 한탄하는 목소리.

순간적으로 시선을 옆으로 돌렸을 때, 나무 뒤에서 살며시 얼굴을 내민 수상한 인물과 눈이 마주쳤다.

"우와, 바로 귀찮은 사람에게 발각됐어……."

"이런 미녀를 붙잡아놓고 귀찮다니, 형편없는 인사네. 뭐, 그렇게 차가운 모습도 케이키의 매력 포인트지만."

불평과 칭찬을 동시에 내뱉으며 모습을 드러낸 건 사유키였다.

변태들의 소굴인 서예부 부장이자 도M인 변태 여학생.

그녀는 긴 흑발을 휘날리며 뚜벅뚜벅 벤치 옆까지 다가와 서는 커다란 가슴을 과시하듯 팔짱을 꼈다.

"꽤 즐거워 보이네, 케이키. 타카사키와 둘이서 뭘 하고 있는 걸까?"

"뭐냐뇨…… 도시락 먹고 있는데요?"

"알고 있어! 아까부터 계속 보고 있었으니까!"

"네에에……?"

자신이 질문해놓고 설마 이렇게까지 화를 낼 줄이야.

게다가 '계속 보고 있었다'라는 죄에 대한 진술까지 덧붙여서.

"내가 묻고 싶은 건 어째서 케이키가 타카사키와 점심을 먹고 있는가 하는 거야! 게다가 머리 나쁜 커플처럼 먹여주기 같은 것까지 하면서!"

"꽤 오랫동안 훔쳐보고 있었던 거군요……."

스토커 범인은 이 사람이 아닐까?

사유키의 대사에 벤치에 앉아 있던 시호가 짓궂은 미소를 띠었다.

"하하~앙? 나, 다 알았어."

"뭐, 뭘……?"

"토키하라, 부러웠지? 내가 케이키에게 먹여주는 게."

"나, 나도 그 정도 경험은 있거든! 둘이서 유원지에 갔을 때, 케이키가 굵고 긴 그걸 먹여줬는걸!"

"뭐? 그거라니……."

"프랑크푸르트! 제가 먹인 건 프랑크푸르트였어요!"

사유키가 투하한 폭탄 발언에 서둘러 보충설명을 덧붙였다.

하마터면 최악의 오해를 받을 뻔했다.

"케이키의 프랑크푸르트, 입에 다 들어가지 않을 정도로 크고 늠름했어."

"황홀한 표정으로 쓸데없는 소리 하지 마세요."

폭주를 멈추지 않는 변태를 좀 강하게 나무랐다.

"그것보다 케이키, 학생회와는 관계를 끊은 거 아니었어? 언제 타카사키와 그렇게 친해진 거야?"

"분명 학생회는 관뒀지만 얼굴을 마주하면 인사 정도는 하고 지냈고 점심을 함께 먹기도 한다고요."

"으읍……."

지극히 진지한 의견을 낼 생각이었는데 사유키는 노골적으로 불만스러워했다.

"……하지만 그 정도 사이의 남녀가 먹여주기 같은 것도 해?"

"으윽……."

"혹시, 물론 케이키는 아니겠지만, 절대로 있을 수 없는 일이지만……두 사람이 저기……사, 사귀는 건 아니지?"

"아뇨, 그건⋯⋯."

물론 사귀는 건 아니었다.

사귀는 건 아니지만 커플인 척하고 있는 건 사실.

어디까지 이야기를 해도 좋을지 판단이 서지 않아서 의뢰인인 시호에게 '어떻게 하죠?'라고 시선을 보내자 그녀는 '나에게 맡겨'라는 표정으로 고개를 끄덕였다.

"괜찮아, 토키하라. 우린 사귀는 사이도 아니고 케이키는 단순히 귀여운 후배라고 생각하니까."

"⋯⋯휴우."

단호하게 부정하자 사유키가 안도의 한숨을 내쉬었다.

"뭐, 살다 보면 무슨 일이 일어날지 모르는 법이고 나도 케이키가 마음에 드니까 머지않아 정말 사귀게 될지도 모르지만."

"뭐?!"

안심한 것도 한순간, 시호가 내뱉은 도발적인 발언에 사유키의 말문이 막혔다.

부들부들 어깨를 떠는 것 같더니 그녀는 주인을 빼앗기지 않으려는 강아지처럼 기세 좋게 케이키에게 달려들어 시호에게서 떼어놓았다.

"너 같은 녀석에게 케이키는 넘겨주지 않을 거야!"

"아아, 역시 귀찮은 일이⋯⋯."

방금 그 대화로 사유키가 시호를 완전히 적시하게 되고

말았다.

스토커 일로 바빠서 변태를 상대하고 있을 시간이 없는데, 이렇게 되면 앞으로의 작전 중에도 사유키와의 충돌은 피할 수 없을 것 같았다.

"토키하라는 재미있는 사람이구나."

"타카사키 선배도 사유키 선배를 너무 부추기지 마세요."

이런 상황에서도 마이페이스인 타카사키 회장에게 불평하면서 케이키는 사유키에게 안긴 채 아스파라거스 참깨 무침을 입으로 넣고 있었다.

생각지도 못한 인물의 난입으로 작전은 일시중단.

결국, 점심시간 동안 스토커가 모습을 드러내는 일은 없었다.

방과 후, 학교 앞에서 케이키는 누군가를 기다리고 있었다.

해가 질 때까지 도서실에서 시간을 보내고 밖으로 나온 게 1시간 정도 전이었는데.

손에 든 스마트폰의 시계가 오후 7시를 가리켰을 무렵, 가볍게 구두 소리를 내며 일을 끝낸 시호가 건물에서 나왔다.

"타카사키 선배, 수고 많으셨어요."

"응? 케이키? 어떻게 된 거야?"

"걱정돼서 오늘은 집까지 바래다 드리려고요."

"걱정?"

"스토커 말이에요. 밤길에 무슨 일이 생기면 위험하니까요."

시호를 누군가가 노리고 있을지도 모른다.

그런 사람을 야간에 혼자 돌려보내는 건 위험했다.

"그래서 이런 시간까지 기다려준 거야?"

"도서실에서 책을 읽다 나와서 그렇게 지루하지도 않았어요."

"그래? 정말 착하네."

그렇게 말하며 그녀는 살며시 웃었다.

"뭐, 가짜라고는 해도 지금은 선배의 남자친구니까요."

"후후. 그럼 사양 않고 부탁할까?"

"그렇게 해주세요."

보디가드로서는 믿음직스럽지 않을지도 모르지만 그래도 단독으로 행동하는 것보다는 낫겠지.

그렇게 학교를 나온 두 사람은 집으로 향했다.

두서없는 이야기를 나누면서 그녀의 집을 향해 밤거리를 걸었다.

"꽤 늦었는데, 학생회 일이 많이 바쁘세요?"

"그런 건 아닌데. 슬슬 내 임기도 끝나가니까 인수인계 준비를 해두려고."

"아, 그렇구나. 벌써 11월도 중순이니까요."

수험이나 취직으로 바쁜 3학년의 사정을 생각하면 오히려 늦은 편이었다.

"다음 회장은 역시 후지모토가 되는 건가요?"

"그렇지. 우린 기본적으로 전임자의 임명제니까 따로 입후보자가 나오지 않는 한 아야노가 될 거야."

"왠지 좀 섭섭한데요."

임시 임원으로 일했기 때문에 시호가 관두는 건 왠지 좀 섭섭했다.

"뭐, 졸업할 때까지는 이따금 얼굴을 내밀 생각이야. 역시 나머지 임원들만으로는 일이 돌아가지 않을 테니까 새로운 인재도 발굴해야겠지."

"타카사키 선배가 빠지면 3명뿐이니까요."

"케이키가 들어와 주면 학생회도 든든할 텐데. 좀 아깝다. 다시 생각해주면 안 돼?"

"아뇨, 그건……."

"아하하, 미안, 미안. 농담이었어."

"……."

입으로는 그렇게 말하지만 곤란한 건 사실이겠지.

격무 때문에 그렇지 않아도 만성적으로 인원 부족인 학생회.

게다가 현 멤버 중 두 사람은 들어온 지 얼마 되지 않은 신입이었다.

시호가 빠진 구멍은 어떻게든 해서든 메꿔야 할 텐데.

(서예부를 선택한 내가 걱정하는 건 도리에 어긋날지도

모르지만…….)

바라건대, 우수한 인재가 학생회에 들어오면 좋겠다.

염치는 없지만 그렇게 생각하지 않을 수 없었다.

"—어라? 케이키 선배?"

"응……?"

느닷없이 자신의 이름을 불려 케이키가 고개를 들었다.

인도 끝, 가로등 불빛 아래에 금발 소녀가 서 있었다.

"유이카?"

따뜻해 보이는 털실 스웨터에 청바지를 맞춰 입은 모습으로 비닐봉지를 든 유이카가 눈을 깜빡거리고 있었다.

"역시 케이키 선배 맞구나. 그리고…… 회장님?"

"안녕, 코가."

"안녕하세요…….""

시호가 웃는 얼굴로 인사하자 낯을 가리는 유이카가 가볍게 인사했다.

"유이카는 장 보고 오는 길이야?"

"아, 네. 갑자기 편의점 푸딩이 먹고 싶어서……. 그것보다 케이키 선배야말로 어떻게 된 거예요? 뭔가 보기 드문 조합이네요……."

빤히.

뭔가 기분 나쁜 듯 케이키를 바라보는 후배.

그 시선 속에는 의혹의 성분이 다수 포함되어 있었다.

"흐흐~응, 좋겠지? 내가 걱정돼서 못 참겠다고 케이키가 집까지 바래다주기로 했거든♪"

"잠깐, 타카사키 선배?!"

"흐음, 그래요……? 걱정돼서 집까지 바래다준다고 요……? 흐—음……."

"아아, 유이카의 눈이 얼음처럼……."

마치 돼지를 보는 듯한 여자 후배의 시선이 따가웠다.

시호가 부추기는 듯한 말을 한 탓에 완전히 분노 모드였다.

"하지만 두 사람이 그렇게 사이가 좋았나요?"

"뭐……?"

"설마 아니겠지만…… 사귄다거나 그런 건 아니죠?"

"……."

후배의 눈동자에 광기의 빛이 어렸고 남자 선배의 뺨에 기분 나쁜 땀이 흘렀다.

이 흐름은 사유키 때와 똑같았다.

대응을 잘못하면 유이카까지 적으로 돌리게 될 것이다.

어두운 미래를 회피하기 위해 시호와 시선을 맞추자 자신 만만한 듯 사랑스러운 윙크가 돌아왔다.

"안심해도 돼. 나와 케이키는 그런 관계가 아니니까."

"휴우, 그렇죠……?"

노예 후보가 아직 프리라는 걸 알고 안도의 한숨을 내쉬 는 유이카.

"아, 하지만—."

뭔가 히죽거리던 시호가 자연스러운 동작으로 케이키의 팔에 자신의 팔을 두른 채 꽉 붙잡았다.

"난 케이키가 마음에 드니까 기분 내키면 노릴지도 몰라."

"뭐예요?!"

"타카사키 선배?! 무슨 말을 하는 거예요?!"

강력한 폭탄발언에 유이카의 말문이 막혔고 끌어안긴 케이키가 당황해 부산을 떨었다.

꽉 눌러대는 가슴의 감촉을 즐길 여유 따위 물론 없었다.

볼을 '불룩' 부풀린 채 굉장한 얼굴을 하는 S소녀에게서 눈을 피하는 게 고작이었다.

"정말! 회장님, 케이키 선배에게서 떨어지세요! 그런 건 특별한 관계인 사람이 하는 거라고요!"

"뭐—? 요즘은 친구도 이 정도는 하잖아? —에잇!"

"앗, 또?!"

유이카의 충고를 사뿐히 피하며 점점 케이키에게로 몸을 기대는 학생회장.

더욱더 가슴을 눌러대자 동정 남자는 기운 풀린 채 얼어붙었다.

두 사람의 밀착도에 비례해서 유이카 님의 분노 강도가 상승했다.

"……유이카는 당신이 싫어요."

"어머머, 미움 받았네. 짓궂게 굴어서 미안해."

사죄의 뜻을 표하며 시호가 케이키의 팔을 놓았다.

그래도 경계를 풀지 않는 유이카를 바라보며 그녀는 부드럽게 미소 지었다.

"하지만 그렇게 화를 낼 줄이야."

"?"

"코가에게 있어 케이키는 굉장히 소중한 사람이구나."

"읏?!"

그 불의의 습격에 유이카의 얼굴이 한순간에 새빨갛게 물들었다.

당황한 듯 힐끔 케이키를 보고 난처한 듯 고개를 숙였다.

"유이카?"

"모, 몰라요! 아이스크림이 녹을 것 같으니까 유이카는 이만 실례할게요!"

"뭐? 푸딩 사러 나왔다며―?"

"그럼 이만!"

지적을 가로막으려는 듯 먼저 말을 내뱉고는 유이카가 도망치듯 그 자리를 벗어났다.

결국 사유키에 이어 유이카에게도 찍히고 말았다.

방금 그 모습을 봐선 아직 케이키와 시호의 관계를 의심하고 있는 듯했고, 그녀가 앞으로 어떤 행동을 취할지 불명이었지만 꽁냥꽁냥 러브 작전을 수행하기 힘들어질 거라는 건 틀림없었다.

전부 다 시호가 쓸데없는 소리를 했기 때문이다.

"사유키 선배 때도 그렇고 왜 부추기는 듯한 말을 하는 거 예요?"

"그치만 귀엽잖아."

"귀엽다고요?"

"응. 토키하라도 코가도 케이키가 너무 좋아서 참을 수 없다는 느낌이라 너무 귀여워."

"너무 좋다니……."

"후후, 케이키는 사랑받고 있구나?"

"어느 쪽이냐고 묻는다면 절 잘 따르는 느낌이지만요."

아마 시호는 착각하고 있을 것이다.

사유키와 유이카 두 사람이 케이키에게 아련한 연심을 품고 있다고.

실제로는 미래의 주인님과 노예 후보로밖에 생각하지 않지만 그런 변태적인 사정은 극비사항이기 때문에 말하지 않았다.

시간도 시간이라 불평도 그 정도로 하고 그녀를 데려다주는 임무로 돌아갔다.

그리고 유이카와 헤어진 후 10분 정도 걸었을 무렵.

"도착했어. 여기가 우리 집이야."

"아무 일도 일어나지 않아 다행이에요."

처음 방문한 시호의 집은 주택가에 있는 단독주택이었다.

"괜찮으면 좀 쉬었다 갈래? 마실 차 정도는 줄 수 있는데."

"아뇨, 오늘은 사양할게요. 집에서 여동생이 기다리고 있거든요."

"아하하, 케이키는 정말 시스터 콤플렉스구나."

여자의 집에 발을 들여놓는 건 남자에겐 꽤 고난도 퀘스트.

경험이 풍부한 리얼충이라면 몰라도 모태솔로 동정남에게는 초기 장비로 마왕의 성에 도전하는 것과 마찬가지였다.

"하지만 아쉽네, 좀 기대했는데."

"네? 그, 그건……?!"

"같이 게임 할 수 있을 줄 알았거든."

"아아, 게임 이야기였어요……?"

그러고 보니 같이 게임 하자는 약속을 했었다.

한순간이지만 야한 상상을 해버린 자신이 정말 부끄러웠다.

"오늘은 늦었으니까 게임은 다음에 해요."

"꼭 해야 해."

"네, 약속할게요."

"좋아. ―그럼, 오늘은 바래다줘서 고마워."

"네, 그럼 내일 봬요."

작별인사를 끝내고 시호의 배웅을 받으며 케이키는 집으로 향했다.

사람의 왕래가 적은 밤길을 이번에는 홀로 걸었다.

"결국 스토커는 나타나지 않았어."

유이카와의 생각지도 못한 조우는 있었지만 수상한 인물과의 접촉은 없었다.

"타카사키 선배의 착각이라면 그게 더 낫겠지만……."

그런 위험인물이 존재하지 않는다면 그보다 더 좋은 일은 없겠지만 실제로 1년 동안 쇼마가 눈치 채지 못하게 도촬을 되풀이했던 프로 스토커도 존재했다.

착각이라고 단정하는 건 아직 이르겠지.

진상을 확인하기 위해서라도 조금 더 연인 놀이를 계속할 필요가 있었다.

다음 날 점심시간에도 중앙정원에서 시호와의 점심을 즐겼다.

스토커 대책을 위한 연인 놀이를 수행하며 도시락으로 배를 채운 케이키가 교실로 돌아가자 어딘가 화가 난 모습의 마오가 말을 걸었다.

"키류, 잠깐만 와봐."

"응? 이제 곧 점심시간이 끝날 텐데."

"됐으니까 입 다물고 따라와."

"으, 으응……."

다짜고짜 박력 있게 밀어붙이는 마오의 행동에 자신도 모르게 순순히 따랐다.

끌려간 곳은 건물 안쪽에 있는 인적 없는 교실.

"……그래서? 이건 대체 어떻게 된 거야?"

안에 들어가자마자 마오가 보여준 건 그녀의 스마트폰.

"으윽?!"

화면에 표시된 건 남의 눈을 의식하지 않고 다정한 모습을 연출하고 있는 한 쌍의 커플.

아주 낯익은 중앙정원 벤치에서 시호의 무릎을 베고 있는 케이키의 모습을 포착한 스캔들 사진이었다.

"짚이는 데가 없다고는 말 못 하겠지?"

"저기, 그게……."

짚이는 데가 없다고 말할 순 없었다.

그건 지금부터 거슬러 올라가 30분 전의 일.

어제와 같은 벤치에서 사이좋게 점심을 먹은 후 도시락통을 주머니에 넣은 시호가 이런 말을 꺼냈다.

"그러니까 오늘 플레이는 조금 더 공격적으로 가볼 생각이야."

"그건 어제의 먹여주기보다 과격한 플레이라는 건가요?"

"그런 거지."

"구체적으로 뭘 하는 건데요?"

"무릎베개♪"

"무릎베개……라고요?"

그런 경위로 케이키는 미소녀의 무릎베개를 실컷 즐기는 데에 이르렀던 것이다.

설마 사진이 찍혔을 거라고는 생각하지 못했는데…….

"어떻게 난죠가 이런 사진을?"

"아까 스승님이 보내주셨어."

"코하루 선배가……?"

마오가 스마트폰을 조작해 코하루가 보낸 문자를 보여주었다.

제목을 '특종이에요!'라고 붙인 문자에는 '중앙정원에서 키류와 회장님이 다정한 모습을 보여주고 있었어요! 그래서 나도 모르게 순간 포착을 하고 말았어요!'라는 보고서가 첨부되어 있었다.

지나가던 코하루가 연인 플레이를 목격한 것이다.

"이건 완전히 그런 거지?"

"그런 거라니……?"

"학생회장이랑 사귀는 거 맞지?"

"아니, 그건…….."

말끝을 흐리자 마오는 노골적으로 화를 냈다.

"대답하지 못한다는 건 그런 뜻이라는 거잖아! 키류 바람둥이! 쇼우토라는 애인이 있으면서 다른 여자도 만나다니

최악이야!"

"왜 내가 혼나고 있는 거지……?"

잘못한 게 하나도 없는 것 같은데.

불륜을 들킨 남편 같은 이 상황이 견딜 수 없었다.

"진지하게 말해서 나와 타카사키 선배는 사귀는 사이가 아니야. 사정이 좀 있어서 점심을 같이 먹은 것뿐이지."

"키류……."

"이해했어?"

"어떤 사정이 있어야 학교에서 무릎베개를 하게 되는 건데?"

"지당한 말씀이십니다."

여자의 무릎을 베고 눕는 사정이 대체 어떤 거지?

"……여자 무릎을 베고 눕고 싶었다면 나도 있는데……."

"뭐? 지금 뭐라고?"

다시 묻자 그녀는 홱 고개를 돌려버렸다.

"무릎에 베고 싶으면 아키야마한테 해달라고 하면 된다고."

"잘도 그런 고문 같은 생각을 떠올렸네."

역시 부녀자. 일반인들은 상상도 하지 못하는 걸 생각해냈다.

"어, 어쨌든! 키류가 여자랑 사귀다니, 신이 용서해도 내가 절대 용서 못 해! ……아, 하지만 남자랑 붙어있는 건 용서할게!"

"난죠는 대체 내가 어떻게 하길 바라는 거야?"

거친 숨을 토해내는 마오는 맹수 같았다.

옆으로 묶은 밤색 머리칼이 꼬리로 보였다.

"뭐, 타카사키 선배와는 정말 사귀는 게 아니니까 안심해. 나에게 여자친구가 생기면 난죠 입장에선 동인지 소재가 부족해져서 곤란하지?"

"그렇긴 하지만……."

"난죠?"

"……그것뿐만이 아니라고…… 바보……."

"뭐?"

"케이크에게는 린노스케라는 애인이 있으니까 바람을 피울 거면 그쪽과 해!!"

"그것 때문에 화난 거야?!"

린노스케는 린타로를 모델로 탄생한 마오의 만화 속 새로운 캐릭터였다.

쇼우토는 연인, 린노스케는 애인으로 자리매김한 듯했다.

최악의 캐릭터 상관도에 현기증이 났다.

그리고 이 타이밍에 친숙한 예비종이 울렸고 점심시간이 얼마 남지 않았다는 사실이 떠올랐다.

서둘러 자신들의 반으로 돌아갔지만 두 사람 모두 수업에 지각했다.

하교 후. 저녁을 먹은 케이키는 욕실에서 욕조에 몸을 담그고 멍하니 천정을 올려다보며 오늘 있었던 일을 돌이켜보고 있다.

"지금까지 스토커 쪽은 아무런 움직임도 보이지 않아."

오늘도 시호를 집까지 바래다줬지만, 스토커는 나타나지 않았다.

다만 이틀간 연인 플레이를 해보면서 알게 된 게 있었다.

그건 시호와 함께 있으면 꽤 많은 시선을 느낀다는 것.

당연하다고 한다면 당연한 일이겠지만 학생회장인 그녀는 여러 가지로 주목을 받는 존재였다.

실제로 무릎베개 플레이를 코하루에게 포착당했으니 스토커의 눈에 띄는 것도 시간문제일 것이다.

친밀한 두 사람을 본 범인이 시호를 포기해준다면 임무 종료인데…….

"언제까지 연인인 척을 계속해야 하는 거지?"

스토커가 누구인지보다 애초에 정말 있는지도 불명이었다.

전부 다 불투명한 상태에서 무얼 갖고 해결해야 하는지 분명치 않았다.

단 하나 알고 있는 건,

"이대로 연인 놀이를 계속하면 틀림없이 변태 소녀들의 방해가 시작될 거야……."

사유키를 시작으로 유이카에 마오까지 이미 세 명의 부원이 케이키와 시호의 관계를 의심하고 있다.

공공장소에서 두 사람이 다정한 모습을 계속 연출한다면 흥분한 그녀들이 어떤 식으로든 실력행사에 나올 것이다.

"아직까지 미즈하에게는 전하지 않은 것 같지만."

"나 불렀어?"

"응?"

혼잣말에 대답이 돌아와 고개를 들자 활짝 열린 문 앞에 어이없는 얼굴의 미즈하가 서 있었다.

방금까지 입고 있던 실내복이 아니라 웬일인지 학교 수영복을 착용하고.

단단히 준비한 여동생이 제멋대로 욕실로 발을 들였다.

"잠깐, 미즈하?! 왜 들어오는 거야?!"

"가끔은 옛날처럼 같이 씻으려고."

"전에도 말했지만 같이 씻는 건 어릴 때 이야기라고!"

여동생에 의한 욕실 난입 사건, 또다시 시작.

학교 수영복 차림을 한 소녀의 돌입에 케이키는 욕조에 몸을 담근 채 경계태세를 취했다.

"이 기회에 말해두겠는데 보통 남매들은 같이 씻지 않아."

"남들은 남들이고 우리는 우리잖아."

"어린애를 타이르듯 말하지 마. 내가 말귀를 못 알아듣는 바보 같잖아. ……그것보다 왜 수영복을?"

"알몸이면 오빠가 부끄러워할 테니까, 수영복이면 괜찮을 것 같아서."

"난 알몸이니까 아웃이잖아……."

"그럼 나도 벗는 게 나으려나?"

"안 벗어도 되니까 얼른 나가! 아니, 그냥 내가 나갈게!"

얌전해 보이는 여동생이 의외로 고집이 세다는 건 잘 알고 있었다.

자신이 나가는 게 빠를 것 같아 핸드타월로 다리사이를 가리고 탈출하려는 오빠를 미즈하가 불러 세웠다.

"잠깐만, 오빠. 오늘은 정말 이유가 있어서 들어온 거야."

"이유?"

"오빠의 등을 씻겨주려고."

"사양할게."

"오빠의 등을 씻겨줄게."

"반복해서 말했어!!"

"그걸 이루지 못한다면 이 자리에서 수영복을 벗어 던질 각오가 되어 있어."

"알았어! 알았으니까 어깨끈에 손 올리지 마!"

정말 수영복을 던져버리려고 했기 때문에 서둘러 막았다.

오빠 앞에서 주저 없이 알몸이 될 수 있는 노출광.

그게 키류 미즈하의 정체였다.

그녀는 케이키에게 연애 감정이 있다고 커밍아웃을 하며

사사건건 유혹해왔지만, 의붓동생이라고는 해도 여동생에게 손을 대는 건 여러 가지로 문제가 있었다.

다만 진심으로 응석을 부리면 거절할 수 없을 정도로 케이키는 중증 시스터 콤플렉스였다.

"뭐, 그럼 덮치지 않는다고 약속해."

"약속할게."

결국 끈기가 부족한 케이키가 욕실 의자에 앉았다.

그 뒤에서 미즈하가 스펀지에 바디샴푸를 묻혀 재빨리 거품을 냈다.

준비가 되자 바로 오빠의 등을 슥슥 문지르기 시작했다.

"오빠, 기분 좋아?"

"으음, 꽤 좋아."

"간지러운 부분이 있으면 말해."

"네—에."

"그런데 오빠?"

"응?"

"타카사키 선배의 무릎을 베고 누웠다는 게 정말이야?"

"……."

들 · 켰 · 다!

여동생이 무릎베개 사건을 파악하고 있었다.

공포로 뒤를 돌아볼 순 없었지만 욕실 거울에 비친 미즈하는 웃고 있었다.

다만 눈은 웃지 않았다.

"같이 점심도 먹은 것 같고, 어제랑 오늘, 오빠의 귀가가 늦어진 것노 타카사키 선배와 함께 하교했기 때문이야?"

"아, 아니, 그건……."

"혹시 오빠……."

스펀지를 든 손을 멈추고 미즈하가 작은 목소리로 말했다.

"타카사키 선배랑 사귀는 거야?"

"……."

마오에 이어 오늘 두 번째로 듣는 질문.

이건 필시 서예부 멤버 사이에서 정보가 공유되고 있는 것이었다.

집까지 바래다 준 것까지 파악하고 있었으니 다른 세 사람에게서 흘러나온 것이라고 보면 틀리지 않을 것이다.

즉 발뺌할 수 없는 상황이라는 것.

오빠의 침묵을 긍정으로 받아들인 것인지 미즈하의 표정이 어두워졌다.

"말을 하지 않는다는 건 역시 그렇다는 거구나……."

"아니, 여기에는 복잡한 사정이 있는데."

"오빠에게 여자친구가……."

"저기, 여보세요? 듣고 있어?"

"……괜찮아. 아직 괜찮아. 아주 여유로워. 이러니저러니 해도 아직 여동생 장르는 굉장히 인기가 있고 여러 가지로 제

한이 많은 친동생과 달리 의붓여동생은 오빠와 결혼할 수 있으니까 최강이지…… 최후에 이기는 건 내가 될 거야…….”

“미, 미즈하……?”

무엇인가 중얼중얼 저주를 읊어대기 시작하는 미즈하 씨.

무언가에 홀린 것 같아서 그냥 무서웠다.

돌변한 여동생을 바라보며 오빠가 바들바들 떨고 있는데 미즈하는 ‘에잇!’ 하고 기합을 넣은 채 소리를 높이며 오빠의 등을 덮쳤다.

“으하아아앗?!”

여동생이 끌어안고 자랑하는 가슴을 꽉 눌러대자 오빠 입에서 큰 소리가 나왔다.

열렬한 구애 행위에 오빠의 얼굴이 새빨갛게 물들었다.

“미즈하 씨?! 대체 뭐 하시는 거죠?!”

“멋진 서비스?”

“여긴 그런 가게가 아니야!”

“하지만 이렇게 하면 분명 굉장히 기분 좋을 거야.”

속삭이듯 말하고 ‘으쌰, 으쌰……’ 관능적인 소리를 흘리며 미즈하가 몸을 상하로 움직였다. 마치 가슴을 사용해 등을 씻는 것처럼.

“으앗…….”

자극을 견디지 못하고 소리를 높이자 그녀는 ‘후훗’ 하고 기쁜 듯 웃었다.

"오빠, 기분 좋지?"

"으윽……."

수영복 너머라고는 해도 숨겨진 가슴의 질량은 속일 수 없었다.

폭력적인 부드러움이 오빠의 이성을 끊어버리려고 덤벼들었다.

"……여차하면 기정사실로 만들어버리면 돼. 같이 살고 있으니까 유혹할 기회는 얼마든지 있잖아."

"왠지 불온한 단어가 들린 것 같은데?!"

착실한 듯 보이지만 생각보다 망가진 미즈하 씨였다.

가슴으로 오빠의 몸을 씻는 건 완벽하게 아웃이었고.

(이, 이제……한계야!)

이어지는 가슴 공격으로 인내가 한계에 달하고 있었다.

관능적인 목소리를 흘리며 몸을 움직이는 여동생이 너무야해서 역시 케이키도 여러 가지로 기운을 내지 않을 수 없었다.

"나 이제 나갈게!"

"앗, 오빠?!"

"미즈하는 천천히 씻어!"

이대로면 이성이 폭발해버릴 것 같았다.

자신의 정조를 지키기 위해 케이키는 거품투성이인 채로 욕실을 뛰어나갔다.

그 이후 냉정을 되찾은 미즈하에게 사정을 설명하고 일단 이해를 구했다.

스토커가 그녀를 노리고 있다 하니 미즈하도 뭔가 하고 싶은 말은 많아 보였지만, 결국 시호의 보디가드로서 허가를 받을 수 있었다.

그리고 시각이 오후 10시를 넘어갈 무렵, 실내복으로 갈아입은 케이키는 자기 방 침대에 누워 있었다.

"스토커 일을 빨리 해결하지 않으면 내 몸이 버텨낼 수 없을 거야……."

연인 플레이는 두근거려서 심장에 안 좋았고, 무엇보다 질투에 사로잡힌 변태소녀들의 습격이 가차 없이 HP를 깎아내리고 있었다.

이대로라면 문제가 해결되기 전에 자신이 쓰러질 것 같았다.

역시 서예부 멤버들에게 알려진 게 문제였다.

앞으로 질투에 미친 변태들에게 어떤 지독한 일을 당하게 될지 바들바들 떨고 있는데 책상에 방치되어 있던 스마트폰이 지이이잉 울렸다.

"응? ……문자?"

이런 시간에 누군지 궁금해 하면서 침대에서 내려와 스마트폰을 집었다.

화면을 조작해 착신을 확인하는데—.

"뭐지? 이 번호는……."

케이키의 스마트폰에는 낯선 연락처가 표시되어 있었다.

연락처에 등록되어 있는 상대라면 문자 발신인의 이름이 표시되었을 것이다.

하지만 지금 도착한 문자에는 그게 없었다.

제목도 없고 스팸 메일 종류일까?

의심스럽게 생각하면서 열어본 문자에는 한 장의 사진이 첨부되어 있었다.

"이건……."

체육수업 이후의 일?

사진 속 주인공은 수도꼭지를 통해 직접 물을 마시는 체조복 차림의 시호로 새하얀 셔츠 목덜미 사이로 어렴풋이 속옷이 엿보이는 순간을 선명하게 담고 있었다.

그리고 궁극적인 건 문자의 본문.

"……윽."

거기 적혀 있는 문장에 케이키의 얼굴이 굳어졌다.

"타카사키 시호와 헤어져라."

그건 간결하고 명쾌한 메시지.

위장 커플의 파국을 바라는 스토커의 협박문이었다.

11월 중순, 좀 쌀쌀하게 느껴지는 가을 아침.

그날, 평소보다 일찍 등교한 케이키는 빈 교실로 들어갔다.

창가에 서서 야구부 아침 연습을 바라보며 누군가를 기다리고 있는데 머지않아 약속했던 인물이 교실로 들어왔다.

"안녕, 케이키."

"안녕하세요, 타카사키 선배."

"대체 무슨 일이야? 이런 곳으로 불러내다니."

"네. 선배한테 긴히 할 말이 있어서요."

"뭐? 그건……?"

뭘 상상한 건지 시호가 희미하게 뺨을 붉혔다.

그리고 얼굴을 살피듯 눈을 위로 치켜뜨고 후배를 빤히 바라보았다.

"연인인 척하는 동안 날 진심으로 좋아하게 된 거야?"

"아니에요."

"뭐야―."

아쉬운 듯 입술을 삐죽거리는 시호였지만 케이키의 모습을 보고 진지한 이야기라는 걸 눈치 챈 듯 긴장을 하고 말을 이어나갔다.

"무슨 일 있었어?"

"실은 어제, 제 스마트폰으로 누군가가 타카사키 선배의 사진을 보냈어요."

"내 사진을?"

"이거예요."

주머니에서 꺼내든 스마트폰을 조작해 그 문자를 보여주었다.

타카사키 시호와 헤어지라는 문장과 자신의 속옷이 살짝 보이는 사진을 확인한 후 그녀는 끈적끈적한 시선을 후배에게 보냈다.

"······케이키 야해."

"제가 찍은 거 아니에요."

"그럼 지워줘. 지금 당장 지워."

"증거를 지우면 안 되죠. 범인을 특정하고 나면 지울 테니까 안심하세요."

"정말? 조금도 아깝다고 생각하지 않아?"

"그거야 마음속으론 아깝다고 생각하고 있어요."

"생각하고 있잖아!"

적나라한 고백에 시호의 눈이 차가워졌다.

하지만 그것도 유이카의 돼지를 보는 듯한 시선에 비하면 귀여웠다.

"하지만 이걸로 스토커가 있다는 건 증명됐네요. 설마 도촬까지 할 줄은 몰랐는데."

"응, 전혀 몰랐어······."

중얼거리는 시호의 표정이 좀 어두웠다.

모르는 사이에 이런 사진이 찍혔다. 정체를 알 수 없는 인물이 따라다니는 공포는 상당하겠지.

사진도 그렇지만 용건만을 남긴 짧은 문장은 반대로 쓴 사람의 분노를 표현하고 있는 것 같아서 기분 나빴다.

(역시 선배의 착각이 아니었어.)

기분 탓이었다면 얼마나 좋았을까.

도촬까지 하고 있다면 이제 농담으로는 끝낼 수 없겠지.

"연인 작전의 예상이 틀어진 걸까?"

"헤어지라고 했으니 포기할 생각이 없는 것 같아요."

알콩달콩 다정한 모습을 과시해서 시호를 포기시키려던 계획이었는데 오히려 상대를 화나게 만든 것 같았다.

"일단 섣불리 자극하지 않도록 연인 플레이는 일단 자숙하기로 한다고 해도. 이대로 범인을 방치할 수는 없겠죠."

"하지만 케이키에게 문자를 보냈다는 건……."

"네……."

그래, 범인은 케이키에게 문자를 보냈다.

그건 즉, 이쪽 연락처를 알고 있다는 뜻.

"범인은 제가 아는 사람일 가능성이 있어요."

생각하고 싶진 않지만 범인이 가까운 인간일 가능성은 극히 높았다.

(하지만 대체 누가?)

우선 쇼마와 코하루는 확실히 아니겠지.

그 두 사람에게 케이키와 시호 사이를 갈라놓을 이유는 없었다.

가능성이 있다면 서예부 부원들.

그 4명에게는 시호와의 사이를 방해할 강한 동기가 있었다.

연인 놀이를 목격하고 두 사람의 관계를 착각한 누군가가 위장한 연락처를 사용해 경고했다고도 생각할 수 있는데…….

(서예부 부원들이라면 일부러 익명으로 메시지를 보내지 않았을 거야…….)

그녀들이라면 위장한 연락처를 사용하는 번거로운 짓은 하지 않을 것이다.

오히려 정면으로 직접 항의를 했겠지.

애초에 시호가 시선을 느끼게 된 건 연인 플레이를 시작하기 전이었다.

그럼 순서가 맞지 않았고 그녀들에게 시호를 노릴 이유는 없었다.

서예부 멤버들은 스토커와는 관계가 없을 것이다.

"그렇다면……."

"케이키, 짚이는 데가 있어?"

"아, 아뇨……."

시호의 질문에 순간적으로 말을 흐리고 말았다.

왜냐하면 케이키의 생각이 미친 그 사실이 그녀를 상처 입힐지도 모르니까.

(설마 범인은 학생회 멤버인 걸까……?)

임시 임원으로 일했던 경위로 케이키는 시호를 포함한 학생회 멤버 전원과 연락처를 교환했다.

학생회 부회장을 맡은 후지모토 아야노.

규율에 엄격한 회계 나가세 아이리.

여장이 잘 어울리는 서기 미타니 린.

타카사키 시호와 접점이 있고 또한 케이키의 연락처를 알고 있다는 의미에선 범인의 조건과 일치했다.

"어쨌든 제가 범인을 찾아볼게요."

"응……."

"무슨 일이 있으면 바로 연락해주세요. 제가 선배를 지킬게요."

"케이키……."

괜찮다는 말 대신 웃어보이자 어두웠던 그녀의 표정이 조금은 밝아졌다.

"고마워. 널 믿고 있을게."

그렇게 현재 상황을 확인한 두 사람은 빈 교실을 나왔다.

"그럼 이만……."

자기 반을 향해 혼자 복도를 걸어가면서 케이키는 생각했다.

만약 학생회 안에 스토커가 있을 경우, 가장 의심스러운 건 누굴까?

아이리는 백합을 좋아하고 다양한 의미에서 동기가 충분했다.

아야노는 그 냄새 집착이 동성에게로 옮겨졌다고 해도 이상하지 않았다.

그리고 린은 미소녀로 보이지만 가슴을 아주 좋아하는 육식계 남자. 함께 일을 하다 시호에게 연심을 품고 스토커가 됐을 가능성은 부정할 수 없겠지.

이렇게 되니 전원이 수상했다.

다만 앞으로의 방침은 정해져 있었다.

"일단 한 명씩 사정 청취를 해볼까?"

◇

같은 날 점심시간. 교실에서 점심을 먹은 후 학생 현관 부근을 지나가던 케이키는 기묘한 광경을 목격했다.

나가세 아이리가 자판기 밑을 들여다보며 엎드린 강아지 같은 자세로 무엇인가 열심히 팔을 뻗고 있었다.

"나가세? 뭐 하는 거야?"

"네? ……아아, 키류 선배."

말을 걸자 고개를 든 그녀가 곤란한 듯 말했다.

"음료수를 사 먹으려고 했는데 실수로 돈을 떨어뜨리는 바람에."

"그거 엄청난 재난이네."

떨어뜨린 동전이 자판기 밑으로 굴러 들어간 모양이었다.

누구나가 한 번은 경험하는 '자판기 앞에서 흔히 있는 일'이었다.

"그러니까 지금은 방해하지 마세요."

말을 자르고 작업으로 되돌아간 후배.

열심히 팔을 뻗어보았지만 딱 한 뼘 정도 부족해 잡지 못하는 듯했다.

"아─, 괜찮으면 내가 주워줄까?"

"괜찮아요. 제가 할게요."

"아니, 하지만……."

"정말 괜찮다니까요. 그렇게 날 꼬드겨서 넘어뜨리려는 속셈이에요? 그렇게는 안 될걸요."

"그게 아니라……."

"?"

"그 자세로는 팬티가 보일 것 같은데……."

"네에?!"

놀란 고양이처럼 소리를 지르며 아이리가 벌떡 일어났다.

얼굴을 새빨갛게 물들이며 양손으로 엉덩이를 붙잡고 원망스러운 눈으로 케이키를 바라보았다.

"……봤어요?"

"못 봤어, 못 봤어. 아슬아슬하게 안 보였어."

"정말이죠?!"

"정말이라니까. 허벅지는 제대로 보였지만."

"성희롱! 그건 완벽한 성희롱이에요! 이러니까 남자들은!"

숨을 거칠게 몰아쉬며 분노를 표현하는 여고생.

언뜻 물빛 팬티가 보였던 건 말을 하지 않는 게 나을 것 같았다.

"뭐, 그러니까 동전 구출은 내가 적임자겠지?"

"윽……그럼 부탁드릴게요……."

"그래."

아이리와 교대해 자판기 밑을 들여다보자 분명 동전이 떨어져 있었다.

어지간히 기세 좋게 굴러간 건지 꽤 안쪽에 들어가 있었지만 팔을 내밀자 그럭저럭 손끝에 닿았고 끌어내는 데에 성공.

"자, 여기."

"아, 감사합니다……."

500엔짜리 동전을 받아든 아이리가 꾸벅 고개를 숙였다.

"선배, 잠깐만요."

그렇게 말하며 그녀는 방금 구출한 동전을 자판기에 넣었다.

버튼을 두 번 누르고 잔돈을 회수한 후 배출구에서 종이 팩 카페오레를 두 개 꺼내 하나를 내밀었다.

"이거, 보답이에요."

"딱히 괜찮은데."

"빚을 진 채로는 기분이 편치 않으니까요."

"그럼 사양 않고 받을게."

감사 인사를 건네고 종이팩을 받아들었다.

"키류 선배도 주스 사러 온 거예요?"

"아니, 나가세를 찾고 있었어. 잠깐 볼일이 있어서. 일단 문자도 보냈는데."

"아, 죄송해요. 스마트폰을 가방에 넣어둬서 몰랐어요."

"그럴 것 같았어."

"서서 이야기하는 것도 좀 그렇고, 조용한 곳으로 갈까요?"

"그래."

천천히 이야기를 하려면 앉을 장소가 좋았다.

이동을 시작한 아이리 뒤를 쫓으며 그 뒷모습을 바라보던 케이키는 생각했다.

(실제로 나가세는 좀 수상해. 백합을 좋아하니까.)

자타가 공인하는 남성 혐오증이며 선도위원보다 규율에 엄격한 아이리였지만 그 정체는 여자들이 주인공인 음란한 소설을 사랑하는 변태 백합 작가였다.

최근에는 유이카와 사유키 커플링으로 밤낮을 가리지 않

고 망상에 힘쓰는 듯했다.

그런 아이리는 시호를 존경하고 있었고 존경의 감정이 연모로 변해 스토커로 바뀌었다고 해도 이상하지 않다.

이런저런 생각을 하며 케이키와 나가세가 이동한 곳은 이전, 남성 혐오증 특훈에도 사용했던 교실.

사람도 오지 않고 밀담에는 안성맞춤인 추천 장소였다.

적당한 의자에 걸터앉아 두 사람은 종이팩에 빨대를 삽입했다.

달콤한 음료로 목을 축인 아이리가 말을 시작했다.

"그래서 저에게 무슨 용건이에요?"

"아, 그게…… 요즘 나가세가 어떻게 지내는지 궁금해서."

"뭐예요? 그 오랜만에 만난 친척 같은 질문은?"

요령부득의 질문에 아이리가 미간을 찌푸렸다.

"뭐, 그냥 잘 지내요. 요즘은 남자애들을 화나게 하는 일도 없고. 유이카와의 사이도 양호하고."

"그래?"

"아, 하지만 얼마 전에 유이카에게 혼났어요. 체육 시간에 옷 갈아입으면서 욕망을 이기지 못하고 가슴을 만졌거든요."

"그야 그런 짓을 하면 화를 내겠지."

"뭐, 화를 내는 유이카도 그럭저럭 귀여웠지만요!"

"아, 으응……."

"아아, 언젠가 우리 집에서 파자마 파티를 열고 싶어요. 그리고 같이 씻고 싶고. 합법적으로 미소녀와 씻을 수 있다니, 정말 여자로 태어나길 잘한 것 같아요."

"사랑이 무겁구나."

유이카에 대한 사랑이 이 정도인가 할 정도로 강하게 전해져왔다.

본인 왈, 백합을 좋아하는 것뿐, 여자아이가 연애 대상인건 아니라고 했지만 정말 연애 감정이 없는 건지 의심될 레벨이었다.

그녀는 오히려 유이카의 스토커가 아닐까?

"그러는 키류 선배야말로 요즘 어떻게 된 거예요?"

"응? 나?"

"왠지 꽤 사이가 좋은 것 같던데요? 시호 선배랑."

"아── 그거……어떻게 알았어?"

"꽤 소문이 많이 났어요. 중앙정원에서 무릎베개를 하고 있었다는 목격정보도 올라오고."

"응. 그야 소문이 났겠지."

당연한 결과였다.

"하렘 왕이 드디어 학생회장에게까지 손을 뻗쳤다고 하던데."

"하렘 왕이라니……."

"어제부터 묘하게 유이카의 기분이 나빴던 것도 그것 때문이었군요. 꾕장히 예쁘게 웃으며 케이키 선배에게는 벌이 필요하겠다고 하더라고요."

"못 들은 걸로 할게."

여왕님의 보복이 너무 무서웠다.

"나가세는 화 안 나?"

"왜 제가 화를 내야 하는데요?"

"내가 타카사키 선배랑 친하게 지내는 건 남자를 싫어하는 나가세 입장에서 보면 유쾌하지 않을 것 같아서."

"아아…… 뭐, 분명 남자는 신용하지 않지만."

"않지만?"

"선배는 나름대로 믿고 있으니까요."

"뭐……?"

무의식중에 아이리를 바라보자 그녀는 쑥스러운 듯 고개를 돌렸다.

"게다가 평범하게 생각해서 키류 선배가 시호 선배의 상대가 될 리도 없고."

"으윽……."

"그냥 시호 선배에게 부탁받아 귀찮은 일에 휘말린 거 아니에요?"

"나가세, 혹시 초능력자야?"

"알아요, 그 정도는. ……뭐, 상담 상대가 제가 아니라 키류 선배였다는 건 좀 분하지만."

본심을 흘려버린 아이리가 쓸쓸한 듯 웃었다.

"시호 선배가 누군가를 의지하는 건 드문 일이에요. 그러니까 키류 선배. 시호 선배를 도와주세요."

"그래, 물론이지."

처음부터 그럴 생각이었다.

시호를 쫓아다니는 범인을 배제해서 그녀의 불안을 없앨 것이다.

그 방침에 변경은 없었고 도중에 포기할 생각도 없었다.

"아, 그리고. 시호 선배랑 사귀는 게 아니라면 아야노 선배에게 설명해두는 게 좋을 거예요."

"후지모토에게?"

"아야노 선배, 요즘 좀 기운이 없어 보였으니까."

"뭐? 기운이 없다니, 왜?"

"하아…… 모르면 됐어요."

"무슨 말이야……?"

까닭을 알 수 없었다.

아야노가 기운 없는 이유도.

이 타이밍에 그런 정보를 제시하는 아이리의 의도도.

다만 한 가지 알게 된 게 있다.

나가세 아이리는 아마 스토커와는 관계가 없으리라는 것.

방과 후 오후 4시 무렵. 교실 청소 당번을 걸고 한 가위바

위보에서 진 케이키는 혼자 꽉 찬 쓰레기통을 들고 1층에 있는 쓰레기장으로 향하고 있었다.

"그런 모습을 봤을 때, 나가세는 범인이 아닌 것 같아……."

무심히 가장 유력한 후보라고 생각했는데 점심때 이야기를 해본 결과 그녀에게서 수상한 점은 찾을 수 없었다.

물론 아직 단정할 순 없지만 시호를 걱정하는 그녀의 말이 거짓인 것 같지도 않았다.

"나가세가 아니라면 다음 용의자는……."

깊은 생각에 잠긴 채 혼잣말을 중얼거리며 1층 복도를 걷고 있는데—.

"—앗?!"

"……응?"

느닷없이 누군가의 목소리가 들려 걸음을 멈추었다.

누군가하고 두리번두리번 주변을 돌아보았지만 이상하게도 아무도 없었다.

"응? 기분 탓인가?"

"—차, 창문 밖에."

"창문 밖?"

방금 들린 소리를 따라 창문 밖으로 얼굴을 내밀었다.

그때 중앙정원 나무 위에서 나뭇가지를 발판 삼아 나무기둥에 매달려 바들바들 떨고 있는 후지모토 아야노와 눈이 마주쳤다.

"후지모토?! 뭐 하는 거야?!"

"이야기하면 길어질 텐데……."

"들어줄게."

"이 나무 위에서 고양이가 내려오지 못하고 힘들어하길래."

"흐음, 그래서?"

"도와주려고 올라갔다가 무서워서 못 내려가고 있어."

"혹 떼러 갔다가 혹을 붙인 거야?! 게다가 전혀 긴 이야기가 아니잖아!"

"그리고 고양이는 혼자 뛰어내려서 어딘가로 가버렸고……."

"너무 가엾다……."

열심히 기어 올라갔는데 고양이에게 버림받다니…….

"부탁이니까…… 못 본 척하지 말아줘."

"못 본 척하지 않을 테니까 안심해."

울상을 짓고 있는 예전 동료를 무시할 만큼 악마는 아니었다.

"일단 지금 그쪽으로 갈 테니까 움직이지 마."

우선 쓰레기통을 그 자리에 두고 창문을 통해 직접 중앙 정원으로 나갔다.

예의 없는 행동이었지만 긴급사태였기 때문에 별수 없었다.

이 지름길 덕분에 불과 몇 초 만에 그녀 곁으로 급히 달려갈 수 있었다.

"미안. 키류를 귀찮게 해버렸네."

"아니, 후지모토가 잘못한 것도 아니니까."

몸을 던져 고양이를 구하려 했다니, 마음 착한 아야노다운 행동이었다.

그것보다 문제는 어떻게 그녀를 나무에서 내려오게 하는가, 하는 것이었다.

"으—음, 꽤 높네……."

전에도 한 번 나무 위에서 내려오지 못하게 된 고양이를 구한 적이 있었지만 설마 인간 여자아이를 구하게 될 줄은 몰랐다.

"역시 고양이처럼 옷 속에 넣어서 내려올 수도 없고, 이건 사다리를 들고 올 수밖에 없는 건가……?"

"으윽, 면목이 없어……."

"서둘러 갖고 올게."

"아, 천천히 갖고 와도 돼."

"아니, 하지만……."

"응?"

"서두르지 않으면 치마가 뒤집힐 것 같다고나 할까……."

"꺄악?!"

그러한 지적에 아야노는 순간 양손으로 엉덩이를 붙잡

았다.

"앗, 바보! 갑자기 손을 놓으면……!"

"……뭐?"

간신히 지탱하고 있던 양손이 사라진 지금, 가는 나뭇가지 위에서 균형을 유지하는 건 힘들었다.

당연히 기예단도 아닌 아야노는 자세를 유지하지 못했고, 발을 헛디디며 주르륵 미끄러졌다.

"꺄아악?!"

"후지모토!"

어떻게든 받아내려고 케이키가 바로 밑으로 돌진했다.

그 직후 쿵 하는 둔탁한 소리를 내며 포개어지듯 두 사람은 지면에 쓰러졌다.

나무에서 낙하한 아야노는 케이키의 멋진 기술 덕분에 그럭저럭 무사히 착지하는 데에 성공했다.

……위를 보고 쓰러진 남자아이의 안면을 그 엉덩이로 뭉개버리는 기적 같은 자세로.

"흐악?! 흐가가가가!? (응?! 뭐야, 이거? 어떻게 된 거야?!)"

"하앙?! 키, 키류?! 엉덩이에 숨결이……?!"

팬티 너머로 숨결이 닿자 몸을 비틀며 소리치는 후지모토.

그런 필사의 호소도 호흡곤란으로 패닉에 빠진 남자아이에겐 전해질 리 없었고 질식 직전의 피해자는 산소를 얻기 위해 한층 더 호흡 운동을 시도했다.

"흐갸각?! 후하후하후하후하아아아아!!"

"꺄아아아아악?!"

더는 참지 못하고 귀여운 비명을 지르며 얼굴을 새빨갛게 물들인 아야노가 튀어 오르듯 자리에서 일어났다.

겨우 기도가 확보된 중증 환자가 죽기 살기로 숨을 쉬었다.

"하아, 하아……아, 하마터면 죽을 뻔했네……."

다양한 의미로 아슬아슬한 공방을 전개하며 위태로웠던 순간 신선한 산소를 확보한 케이키가 자리에서 일어나자 치마 앞쪽을 꽉 누른 아야노가 항의의 시선을 보냈다.

"키류 야해……."

"뭐?"

순간 그녀의 말을 이해할 수 없었던 키류였지만…….

그녀의 표정과 꽉 누른 치마를 보고 사태를 이해한 후 순간적으로 머리가 끓어올랐다.

"아니, 방금 그건 사고였으니까! 하지만 정말 미안해!"

사고라고는 해도 치마 안에 얼굴을 박고 있었던 것은 사실.

목이 떨어질 것 같은 자세로 고개를 숙인 채 몸과 마음을 다해 사죄했다.

"하, 하지만 괜찮아! 뭔가 꽃향기 같은 굉장히 좋은 냄새가 났으니까!"

"냄새?!"

"아, 이런……."

보충설명을 덧붙일 생각이었는데 완전히 무덤을 파고 말았다.

이런 상황에서 냄새를 언급하다니, 문답 무용의 변태였고 케이키의 그 문제적 발언 때문에 아야노의 얼굴이 한 번도 본 적 없을 정도로 빨개졌다.

"그, 그렇지. 후지모토, 다친 곳은 없어?"

"……덕분에. 구해줘서 고마워……."

"으, 응……별말씀을……."

인사를 건넨 아야노였지만 눈을 마주치진 않았다.

(뭐, 뭐, 어쨌든 이 상황은 사정 청취의 기회야.)

후지모토 아야노도 스토커 용의자 중 한 명.

쓰레기를 버린 후 그녀를 붙잡아 이야기를 들어볼 예정이었다.

남자의 땀을 각별히 사랑하는 냄새 페티시스트 부회장.

그런 그녀가 어떠한 계기로 여자의 냄새에 흥미를 보이게 되고 시호의 팬티를 노리게 되었다고 해도 이상하지 않았다.

시험 삼아 아야노가 여자의 팬티 냄새를 맡는 광경을 상상해보았다.

학생회실 소파에 앉은 아야노가 '키류보다 회장님의 팬티 냄새가 더 좋아……하아하아……'라고 흥분하면서 귀여운 팬티를 킁킁거리는 모습을 머릿속에서 재생해보았는데 남자의 팬티보다 바람직하지 못한 느낌이 드는 건 왜일까?

"저기, 후지모토에게 묻고 싶은 게 있는데 괜찮을까?"

"아야노에게? 회장님이 아니라?"

"응? 왜 여기서 타카사키 선배가 나오는 거야?"

"그치만 키류, 요즘 회장님이랑 사이가 좋은 것 같으니까. 난 전혀 신경 써주지 않으면서……."

"뭐야, 그 질투하는 듯한 대사는?!"

고개를 확 돌리고 입술을 삐죽거리는 동작은 완벽하게 사랑에 빠진 소녀였다.

혹시 아이리가 말했던 게 이런 것일까?

아야노가 기운 없었던 이유는 케이키와 시호의 소문을 듣고 질투한 게 원인이라는 뜻?

"정말 유감이야. 아야노가 키류의 냄새를 더 사랑하는데."

"아, 역시 그런 거였어……?"

질투는 질투였지만 예의 변태적인 그것이었다.

"그래서, 나에게 묻고 싶은 게 뭐야?"

"화내지 말고 들어줬으면 좋겠는데."

"응, 뭔데……?"

"후지모토는 남자가 벗은 팬티에 흥미가 있지?"

"물론 흥미진진하지."

"흥미진진하구나."

뭐, 여기까지는 예상 범위 내에 있었다.

본론은 지금부터였다.

"그럼 후지모토는 여자가 벗은 팬티에도 흥미가 있어?"

"……."

그 순간, 아야노의 눈에서 빛이 사라졌다.

"키류."

"네."

"난 여자의 팬티에는 1밀리도 설레지 않아."

"아, 네……."

무표정한 모습으로 내뱉은 건 의심할 여지 없이 진심으로 하는 발언이었다.

아야노는 여자의 냄새에 눈을 뜬 게 아닌 듯했다.

(그렇다는 건 후지모토도 범인이 아닌 건가?)

여자의 냄새에 눈을 뜬 아야노가 시호의 팬티를 원할지도 모른다고 생각했는데 엉뚱한 착각이었던 모양이다.

남자의 팬티에밖에 흥미가 없다면 시호의 스토커가 될 이유가 없었다.

그렇다면 남은 용의자는─.

"단도직입적으로 물어볼게. 린타로는 타카사키 선배를 어떻게 생각해?"

"아⋯⋯그건 또 뜻밖의 질문이네요."

아야노의 사정청취가 끝나고 쓰레기장에서의 사명을 다한 후.

인적 없는 건물 뒤에서 케이키는 후배인 미타니 린을 벽으로 밀어붙였다.

상급생이 다가오자 남자 교복을 착용한 린타로가 쓴웃음을 지었다.

"건물 뒤로 불러내길래 틀림없이 사랑의 고백을 하는 줄 알았는데."

"그런 건 제발 그만둬."

아무리 귀여운 얼굴을 하고 있다고 해도 린은 남자.

마오의 동인지도 아니고 남자에게 구애하는 취미는 없었다.

축제 때 린에게 고백한 남자가 있었지만 그건 린을 여자라고 착각하면서 일어난 비극이었다.

"저로서는 벽치기를 그만뒀으면 좋겠는데요."

"네가 자백할 때까지 벽치기는 관두지 않을 거야."

"아아⋯⋯."

아이리와 아야노를 조사해봤지만 수상한 점은 없었다.

두 사람이 범인이 아니라면 남은 용의자는 린타로밖에 없었다.

여자 같은 용모를 하고 있지만 미타니 린은 몸도 마음도 남자였다.

학생회에서 함께 일을 하는 사이 연상의 시호에게 연심을 품게 되었고, 마음을 전하지 못한 채 애를 태우다 스토커가 되어버렸을지도 모른다.

"그래서 실제로 타카사키 선배를 어떻게 생각해?"

"으—음, 글쎄요……시이짱 선배는 분명 매력적인 사람이라고 생각해요. 일도 잘하고 누구에게나 상냥하고 가끔 보여주는 엉큼한 모습도 갭이 있어서 개인적으로는 호감을 갖고 있어요."

"린타로는 생각보다 확실하게 말하는구나."

"게다가 제가 여자 교복을 입고 일하는 것도 허락해줬으니까요. 기뻤어요. 제가 괴짜라는 자각은 있으니까 그런 것도 전부 포함해 시이짱 선배가 절 받아들여준 게……."

"린타로……."

"하지만 솔직히 말해서 전 좀 더 가슴이 큰 게 좋아요."

"너, 정말 최악이구나."

귀여운 얼굴을 하고 엄청난 쓰레기 같은 녀석이었다.

"에이~ 케이 선배도 글래머를 좋아하는 주제에."

"글래머는 좋아하지만 가슴 크기로 상대를 선택하진 않아."

물론 글래머는 정말 좋아하지만, 사람은 가슴으로 사랑할 수 있는 게 아니었다.

좋아하게 된 여자애의 가슴이 최고의 가슴이라고 독자적인 이론을 머릿속으로 전개하고 있던 마침 그때—.

"꺄아아아아악?!"

건물 뒤에서 여자의 비명이 울려 퍼졌다.

"으악?! 뭐야?!"

순간적으로 옆을 보자 거기 있던 건 밤색 머리칼을 옆으로 묶은 여학생.

"난죠?"

"케이크가…… 케이크가 린노스케를 벽으로 밀어붙이고 있어어어어어!"

"이봐, 그만해! 사진 찍지 마!"

스마트폰을 손에 들고 사악한 미소를 지으며 셔터를 닥치는 대로 누르는 부녀자.

갑작스럽게 시작된 촬영회에 케이크는 당황해서 린노스케에게서 거리를 뒀다.

어쨌든 이걸로 용의자 전원의 사정 청취가 완료되었다.

가슴 성인인 린에게 시호의 사이즈는 만족스럽지 못한 듯했다.

내용은 둘째 치고 그 증언에는 묘한 설득력이 있었다.

(……그럼 린타로도 스토커가 아니라는 뜻인가?)

가슴 성인이자 비교적 최악의 말을 내뱉는 린타로였지만 여자를 곤란하게 할 만한 비열한 인간은 아니었다.

물론 완전히 의심이 사라진 건 아니지만 린타로가 스토커라는 증거가 없는 것도 사실.

결국 이번 사정청취에서는 스토커의 정체를 파악할 수 없었다.

범인으로 이어지는 정보를 무엇 하나 확보할 수 없었다.

그리고 그날도 학생회 일이 끝나는 걸 기다려 시호를 집까지 바래다주었다.

"늘 바래다주고, 미안해~."

"그런 말은 하지 않기로 약속했잖아요~."

늙은이 같은 말투로 넌지시 대화를 나누면서 그녀의 페이스에 맞춰 밤거리를 걸었다.

걸어가면서 생각한 건 시호를 노리는 스토커의 정체.

(범인은 대체 누굴까?)

상대는 케이키의 연락처를 알고 있었다.

그 사실에서 용의자를 좁혀 학생회 멤버들과 접촉해 조사를 해봤지만 세 사람 모두 수상한 점은 발견되지 않았다.

아이리는 여전히 온리 유이카였고.

아야노는 남자 팬티에만 흥미가 있었고.

린타로는 가슴밖에 보지 않았다.

물론 진술이 거짓일 가능성은 있지만 시호를 존경하는 임원들이 그녀를 슬프게 할 것 같진 않았다.

범인 찾기는 출발점으로 돌아오고 말았다.

(애초에 범인은 정말 내가 아는 사람일까? 그렇지 않다면 어떻게 내 연락처를 입수한 거지?)

실은 굉장한 실력을 가진 해커로 휴대전화 회사 서버에 침입했다든가?

역시 그건 아니라고 해도 범인이 연락처를 알고 있었던 건 사실.

현실적으로 생각하면 역시 지인일 가능성이 높다──고 여기까지 생각한 후 사고가 최초 지점으로 돌아왔다는 걸 깨달았다.

자신도 모르게 한숨을 내쉬는데 옆에서 걷고 있던 시호가 케이키의 얼굴을 들여다보았다.

"케이키, 왠지 좀 피곤해 보이는데?"

"네에, 뭐……."

이래저래 여러 가지 일이 있었던 하루였다.

고생에 상응하는 성과를 얻지 못했던 건 데미지가 컸다.

"저기, 케이키?"

"네?"

"주말에 기분전환도 할 겸 데이트하자."

"데이트?"

"케이키가 날 위해 노력해줬으니까. 보답으로 여자친구 다운 일을 해주고 싶어."

"그러고 보니 그런 계약을 했었죠."

스토커 대책으로 남자친구 역할을 수행하는 대신 그녀는 연인다운 일을 해준다.

그게 이번에 시호와 주고받은 계약 내용이었다.

"계속 긴장한 채로 있는 것도 곤란하니까 신나게 노는 거야."

"아니, 하지만 이럴 때 외출하는 건⋯⋯."

"케이키가 안 오면 나 혼자 갈 거야."

"그건 안 돼요. 아무리 그래도 위험하니까."

아직 범인을 특정하지 못했다.

그런 상황에서 그녀를 혼자 가게 할 순 없었다.

"그럼 결정됐네. 기대된다!"

"정말⋯⋯."

어이가 없었지만 밝은 미소에 현혹되어 이쪽까지 미소를 짓고 말았다.

스토커에게 노려져서 불안할 텐데 그래도 미소를 잃지 않는 건 케이키를 배려하기 때문이겠지.

그녀가 어두운 얼굴을 하고 있다면 주위에서 걱정할 테니까.

타인을 헤아리는 그런 모습이 정말 멋졌다.

◇

그렇게 맞이한 약속의 주말. 케이키와 시호 두 사람은 휴일 데이트를 감행 중이었다.

"영화, 재미있었지?"

"그러게요. 복선이 뛰어나서 재미있었어요."

시각은 오전 11시. 영화관을 나온 두 사람은 방금 본 서양 영화 이야기로 고조되고 있었다.

오늘 그녀는 빨간 체크무늬 치마에 조금 큰 셔츠를 매치하고 재킷을 걸친 세련되면서도 움직이기 쉬운 차림을 하고 있었다.

(타카사키 선배는 역시 예뻐…….)

옆에 앉아 영화를 보기만 하는데도 두근두근거렸다.

완만한 웨이브 머리에선 거짓말처럼 좋은 냄새가 났다. 옆모습을 훔쳐보다 눈이 마주쳐 싱긋 웃어줬을 때는 하마터면 사랑에 빠질 뻔했다.

"점심 먹기는 아직 이르고, 적당히 가게라도 둘러보자."

"좋아요. 선배는 보고 싶은 게 있어요?"

"글쎄, 슬슬 겨울옷을 보고 싶은데."

"겨울옷이요……?"

"어때?"

"일단 확인하겠는데 속옷 가게에 데리고 가진 않을 거죠?"

"뭐? 왜 속옷 가게를?"

"아뇨, 그냥……."

여동생에게 끌려간 적이 있다고는 말할 수 없었다.

그렇게 이끌려 여동생의 속옷을 골라줬다는 말은 더더욱 할 수 없었다.

"연인을 상대로도 역시 남자랑 그런 가게에 들어가는 건 부끄럽지."

"그렇죠?!"

뺨을 붉히며 곤란한 듯 말하는 그녀에게 전력을 다해 동의했다.

이게 평범한 여자의 반응이다.

방금 벗은 팬티를 남자의 입에 밀어 넣거나 마구 속옷 차림을 보여주거나 오빠에게 속옷을 골라달라고 하는 서예부 멤버가 이상한 것이었다.

시호의 상식인다운 모습이 얼마나 멋진가.

속옷 가게 이야기로 얼굴이 붉어지다니 정말 귀여웠다.

평소 변태적인 여자들에게 둘러싸여 있는 케이키에게 그녀의 평범한 감성은 보석처럼 눈부시게 보였다.

"아, 하지만 요즘 커플들은 같이 들어가기도 하려나? 나도 케이키에게 속옷을 골라 달라고 해야 해?"

"요즘 커플과 경쟁 안 해도 돼요."

그런 대화를 이어가며 두 사람은 아이쇼핑을 개시했다.

물론 속옷 가게에는 눈도 주지 않고 평범한 옷가게에서 서로 어울릴 만한 옷을 찾아보거나 잡화점에서 고양이 귀 머리띠를 써보기도 했다.

점심은 패스트푸드점에서 햄버거를 먹었다. 입가에 묻은 소스를 냅킨으로 닦아준 건 정말 진짜 연인 같아서 좀 쑥스러웠다.

영화를 보고 쇼핑을 하고 시시한 이야기도 하고……

(평범한 데이트가 이렇게 멋질 줄이야!)

평범한 여자와의 데이트에 케이키는 매우 만족했다.

그렇게 시각이 오후 3시를 지났을 무렵, 좀 쉬는 김에 들렀던 쇼핑몰 안 푸드코트에서 음료수를 마시고 있을 때였다.

"……응?"

"왜 그래?"

"아뇨…… 왠지 지금 누군가의 시선을 느낀 것 같은데……."

"그건 혹시……."

"아직 모르지만 스토커가 근처에 있을지도 몰라요."

"그런……."

확증은 없었다. 하지만 기분 나쁜 느낌이 드는 건 확실했다.

푸드코트 안을 둘러봐도 손님이 몇 명 있을 뿐, 언뜻 수상한 인영은 보이지 않았다.

하지만 누군가가 숨어서 케이키와 시호를 감시하고 있을

가능성은 버릴 수 없었다.

그렇게 되면 학교뿐만 아니라 휴일에까지 시호를 따라다니고 있다는 뜻이 된다.

코하루처럼 멀리서 지켜보기만 하는 타입이라면 괜찮지만, 상대는 도촬 사진을 사용해 협박까지 하는 인간. 위해를 가하지 않을 거라고도 장담할 수 없었다.

어느 쪽이든 선수를 빼앗기기만 해서는 문제가 해결되지 않겠지.

스토커의 정체를 파헤치고 따라다니는 걸 관두게 하지 않는 한, 시호는 불안을 품은 채 자유롭지 못한 생활을 어쩔 수 없이 하게 될 것이다.

그렇다면 여기서 공격적으로 나가는 것도 한 가지 방법이겠지.

"정말 스토커가 와 있다면 여기서 나타나게 만들죠."

"하지만 어떻게?"

"그건 뭐, 이래도 안 나올 거야? 라고 할 정도로 강렬한 러브신을 보여주는 거예요. 동요하면 결점을 드러낼지도 모르니까."

"구체적으로는 어떻게 할 건데?"

"그러니까…… 둘이서 속옷 가게에 들어간다거나?"

"아무 생각이 없구나."

"타카사키 선배는 뭔가 좋은 방안이 있어요?"

"글쎄……."

으─음, 잠시 생각에 빠졌던 그녀가 입을 열었다.

"빼빼로 게임은……어때?"

"빼빼로 게임……이라고요?"

여기서 설명하자면. 빼빼로 게임은 스틱 형태의 과자 양쪽 끝을 두 사람이 물고 조금씩 먹는 파티 게임 중 한 종류였다.

승패는 먼저 입을 놓는 쪽이 패배.

대부분은 한쪽이 부끄러워서 기권하지만 둘 다 입을 떼지 않으면 그대로 키스에 이르는 리얼충의 리얼충에 의한 리얼충을 위한 게임이었다.

"이 세상 커플들은 다들 하는 거야."

"선배 머릿속의 커플상은 대체 어떻게 되어 있는 거예요?"

"하지만 범인을 부추기기엔 유효한 수단 아닐까?"

"애초에 저에게 빼빼로 같은 건 없는데요?"

"괜찮아. 이런 일도 있을 것 같아서 갖고 왔으니까."

"도대체 뭘 예상했던 거예요……?"

하지만 갖고 있다니 별 수 없었다.

가방에서 꺼낸 과자상자를 손에 들고 그녀는 피식 웃었다.

"할까요?"

"해보자."

어쩌다보니 그렇게 되었다.

재빨리 준비를 끝낸 후(그렇다고 해도 빼빼로를 준비한 것뿐이지만) 테이블을 사이에 두고 앉은 두 사람은 진지한 표정으로 서로를 바라보았다.

"준비는 됐어?"

"네에, 선배와 키스할 각오는 됐어요."

"정말 하면 안 돼."

"물론이죠."

"그럼 간다?"

빼빼로 손잡이(초콜릿 없는 부분)를 입에 문 시호가 '으읏'이라고 얼굴을 내밀었다.

(뭐야, 이거, 엄청 심쿵한데…….)

빼빼로를 문 여자애가 이렇게 귀여울 줄이야, 새로운 발견이었다.

시호가 케이키 차례라고 시선으로 재촉하자 결심하고 빼빼로에 입을 가져다댔다.

"……."

"……."

이건 쑥스러웠다. 그저 한결같이 쑥스러웠다.

빼빼로를 마주 물다니, 냉정하게 생각해보면 문제가 있다.

이렇게나 가까운 거리에서 그녀를 바라본 게 처음이라 입 속의 초콜릿과 함께 이성까지 녹아내릴 것 같았다.

"······으읏······읏······."

케이키가 얼어붙어있자 시호가 조금 더 빼빼로를 베어 먹었다.

(아, 그렇지. 이건 그런 게임이었어.)

서로 바라보기만 해서는 끝나지 않는다. 이건 서로의 배짱을 시험하는 치킨 레이스였다.

(진지하게 임하지 않으면 범인을 속일 수 없을 테니까······.)

진심으로 다정한 모습을 보여주지 않으면 스토커를 도발할 수 없었다.

각오를 다지고 케이키도 빼빼로를 베어 먹기 시작했다.

"······."

"······."

서로 말을 할 수 없었기 때문에 오로지 빼빼로를 먹기만 했다.

정말 수수한 게임이었지만 서툰 운동보다 더 두근거렸다.

시호도 상당히 부끄러운 듯 예쁜 얼굴이 빨개졌다.

천천히, 하지만 착실하게 두 사람의 거리가 줄어들었고—.

"······응? 이거, 어디까지 하는 거지?"

그러고 보니 어느 타이밍에서 게임을 끝낼지 정하지 않았다.

후배의 동요를 알아차린 것인지 시호가 피식 웃었다.

그리고 입에 문 빼빼로를 더욱더 베어 먹었다.

(가까워, 가까워, 너무 가까워!!)

이제 빼빼로는 거의 남지 않았다.

숨결조차 느껴지는 거리에 서로의 얼굴이 있었고 이 이상 더 베어 먹는다면 정말 키스에 이르고 말 것이다.

케이키가 침을 삼켰고 시호가 마지막 선을 넘으려던 그 순간―.

""……아, 안 돼에에에에에에에에에!!""

""?!""

갑자기 비집고 들어온 큰 소리에 케이키와 시호가 튀어 오르듯 얼굴을 뗐다.

무참히 부러진 빼빼로를 입에 문 채 소리가 나는 쪽으로 시선을 돌리자 거기 서 있던 건 두 명의 소녀.

"유이카?! 사유키 선배도?!"

파카에 청바지라는 보이시한 모습으로 모자를 눌러쓴 코가 유이카와.

직장인 같은 슈트를 착용한 채 머리를 뒤로 묶어 늘어뜨리고 안경을 쓴 토키하라 사유키였다.

몇 분 후, 조금 전과 같은 테이블 석에 위장 커플과 변장 걸즈가 합석하고 앉았다.

케이키부터 시계 방향으로 시호, 사유키 유이카 순으로.

"그럼 두 사람은 언제부터 우리를 미행한 거예요?"

"케이키가 약속 장소인 지하철역에 10분이나 전에 도착했을 그 무렵부터?"

"처음부터잖아요."

개인적인 사생활 따위 전혀 없었다.

"케이키 선배에게 들키지 않도록 일부러 변장까지 했어요. 유이카의 머리는 눈에 띄니까 모자로 위장했죠."

"과연."

확실히 그녀의 금발은 꽤 눈에 띈다. 모자로 숨기는 건 유효한 수단이었다.

(그것보다 이 두 사람, 근처 자리에 앉아 있었던 거지?)

분위기가 너무 달라서 전혀 눈치채지 못했다.

아까 느꼈던 시선은 그녀들의 것이었던 모양이다.

"사유키 선배의 안경도 변장의 일환인가요?"

"그런 거지."

득의양양하게 가슴을 펴고 사유키가 안경을 휙 밀어 올렸다.

"어때? 꽤 지적인 미인으로 보이지 않아?"

"그 발언이 이미 바보라는 걸 드러내고 있는데요."

솔직히 변장에 관해서는 아무래도 상관없었다.

신경 쓰이는 건 그녀들의 목적이었다.

"아니, 두 사람은 어떻게 우리가 외출한다는 걸 알았던 거야? 처음부터 있었다는 건 이쪽의 일정을 파악하고 있었다는 뜻이잖아?"

"어떤 믿을 수 있는 관계자에게서 정보를 얻었거든요."

"믿을 수 있는 관계자?"

고개를 갸웃거리는 케이키를 보며 대화를 지켜보고 있던 시호가 말했다.

"그건 나 때문일지도 몰라. 아이리랑 이야기할 때 데이트에 대해 말했거든."

"아아, 그런 거였어요?"

유이카와 아이리는 사이가 좋았다.

입막음을 하지 않았다면 정보가 유이카에게로 넘어간 것도 자연스러운 흐름이었다.

"그런 건 아무래도 상관없잖아. 문제는 너희가 일반인들 면전에서 저속한 게임을 했다는 거지."

"맞아요! 빼빼로 게임이라니, 건전한 고등학생이 할 만한 놀이가 아니라고 생각해요!"

"대체 어떤 입이 그런 말을 하는 건지……."

평소에 훨씬 더 불건전한 짓을 하는 변태들에게 그런 말은 듣고 싶지 않았다.

"타카사키에게도 아무래도 사정이 있는 것 같지만 이 이 상 나의 케이키에게 발칙한 짓을 하려고 한다면 이대로 데 리고 돌아갈 거야!"

"케이키 선배는 유이카가 먼저 찜했어요! 회장님에게는 절대로 건네주지 않을 거예요!"

"와아ㅡ, 케이키는 정말 인기가 많구나."

"아뇨, 정말 그런 거 아니거든요."

투지를 드러내는 사유키, 유이카와 여유로운 시호의 온도 차가 굉장했다.

"아니, 그냥 이대로 내가 케이키와 데이트를 하고 싶어. 그렇지 않아도 부비에 대한 일이나 축제 때 일도 그렇고 요 즘 여러 가지 일이 있어서 케이키 성분이 부족했거든."

"앗, 마녀 선배 치사해요! 그런 거라면 유이카가 케이키 선배랑 데이트하고 싶어요!"

"내분이 일어났어……."

애초에 사유키와 유이카는 견원지간.

케이키를 사이에 두고 쟁탈전을 벌이는 연적이었다.

"아, 그럼. 케이키와의 데이트권을 두고 승부 안 할래?"

"""승부?"""

시호의 말에 서예부 3명이 같은 반응을 보였다.

"다들 케이키와 데이트하고 싶지? 본인에게 선택하라고 하면 싸움이 날 것 같으니까 승부에서 이긴 사람이 권리를 손에 넣는 게 공평하지 않겠어?"

"과연, 괜찮은 것 같은데?"

"네, 이의 없어요."

데이트권 도입에 변태 걸즈의 사기가 올라갔다.

그런 두 사람을 곁눈질하며 케이키가 질문했다.

"하지만 어떤 승부를 할 건데요?"

"응? 빼빼로 게임이면 괜찮지 않겠어?"

"또 빼빼로 게임……?"

뭐, 이렇게 아무것도 없는 장소에서 할 수 있는 승부라면 한정되어 있겠지만.

"우선 토키하라와 코가가 승부를 해서 이긴 사람이 나와 결승전. 우승한 사람이 케이키와 데이트할 수 있는 걸로 하는 게 어때?"

"바라던 바야."

"데이트권은 유이카 거예요."

이렇게 여자들만 참가한 빼빼로 게임 대회가 개최되었다.

"같은 부 후배라고 해도 봐주지 않을 거야."

"마녀 선배야말로 유이카의 능력을 깨닫게 해줄게요."

"그럼 1회전을 시작해주세요."

시호가 선언하자 두 명의 여학생이 빼빼로를 입에 물었다.

손잡이 부분이 사유키, 초콜릿이 발린 부분이 유이카였다.

"……."

"......"

두 사람이 진지한 얼굴로 빼빼로를 베어 무는 모습은 꽤 초현실적이었다.

"이거, 옆에서 보니 꽤 수수하네요."

"승부하고 있는 동안은 아무 말 하지 마."

하지만 게임이 진행되면서 분위기가 바뀌었다.

빼빼로가 짧아지고 키스를 의식하기 시작한 것인지 진지했던 두 사람의 표정에 어렴풋이 수치의 빛이 엿보이기 시작했다.

"두 사람 모두 얼굴이 빨개지다니, 너무 귀여워."

"그러게요."

귀여운 여자아이들이 뺨을 붉히며 빼빼로 게임을 즐기는 모습은 꽤 흥분되는 장면이었다.

"나가세가 보면 코피를 흘릴 만한 광경이네……아, 타카사키 선배? 스마트폰 같은 걸 꺼내서 뭐 하는 거예요?"

"기념촬영. 이건 반드시 후세에 남겨야 하니까."

"분명 흑역사가 될 텐데."

나중에 되돌아보면 죽고 싶을 만한 사진.

카메라맨의 혼을 불태우는 시호와 승부의 행방을 지켜보고 있는데 바지 주머니 속에서 스마트폰이 짧게 울렸다.

"응? 누구지?"

스마트폰을 꺼내 착신을 확인했고—.

"이건……?!"

그건 예의 범인에게서 온 문자로 이전처럼 짧은 문장으로 '너희를 지켜보고 있다'고 적혀 있었다.

(어디지?! 어디 있는 거야?!)

시호를 비롯한 나머지 일행이 눈치채지 못하게 주변을 확인했다.

푸드코트에 있는 몇 명의 손님. 카운터에 대기하고 있는 점원.

아무도 이쪽을 보지 않지만 모두 수상했다.

"자, 거기까지! 1회전은 토키하라의 승리."

"훗, 나에게 걸리면 이 정도라고."

"으윽……마녀 선배와 키스한다고 생각했더니 몸이 멋대로 피해버렸어요……."

"케이키, 나의 웅대한 모습, 잘 봤어?"

"아, 죄송해요. 전혀 못 봤어요."

"너무한 거 아니야?!"

말은 그렇게 하면서 살짝 기뻐하는 듯한 표정은 짓지 않았으면 좋겠다.

난폭한 취급에 기분 좋아진 도M이 다음 대전 상대에게 선전포고를 했다.

"자, 타카사키, 나와 결승전이야!"

"아, 그 전에 나, 잠깐 화장실 좀 다녀올게."

"네⋯⋯?"

자리에서 일어난 시호를 케이키가 멍하니 바라보았다.

그걸 눈치 못 채고 그녀는 자리를 떠나려고 했다.

(큰일이네, 스토커가 근처에 있을지도 모르는데⋯⋯.)

그녀를 이대로 혼자 보내는 건 너무 위험했다.

하지만 그렇다고 화장실에 가지 말라고 할 수도 없었다.

"⋯⋯읏, 타카사키 선배!"

"응?"

순간적으로 시호의 곁으로 달려온 케이키는 등 뒤에서 그녀를 끌어안았다.

좀 더 다른 방법이 있었을지 모르지만, 그녀를 말리는 데에 정신이 팔려 외양 따위 신경 쓸 수 없는 상태였다―.

그 기세 그대로 결사적인 고백을 감행했다.

"저도 선배와 화장실에 동행하게 해주세요!"

"""⋯⋯."""

그 순간 푸드코트는 차가운 분위기에 휩싸였다.

물론 그 대사에 이상한 의미 따위 없었다.

혼자 두는 건 걱정되니 화장실 앞까지 바래다준다는 의미로 사용했다.

하지만 말이라는 건 신기해서 가끔 본인의 의도와는 모순되게 터무니없는 오해를 불러일으키는 일이 있었다.

"케이키가 갑자기 여자를 끌어안은 데다가 화장실로의 동반을 간절히 원했어!!"

"응……? 어, 어라?"

사유키와 유이카의 반응으로 자신의 실언을 눈치챘지만 이미 늦은 상황.

그녀들 머릿속에 케이키는 여자 화장실에 동행하려는 변태가 되어 있었다.

"화장실 동반이라니, 나에게도 해준 적 없으면서……."

"케이키 선배가 그렇게까지 상급자였을 줄이야……."

"잠깐?!"

"케이키……."

"케이키 선배……."

눈에 눈물을 머금고 원망하는 듯 케이키를 본 두 사람은

""바보오오오오오오오!!""

전력을 다해 '바보'라고 외치면서 달아나 버렸다.

뜨거운 포옹이 풀려 뒤를 돌아본 시호가 미안한 듯 말했다.

"마음은 기쁘지만 같이 화장실에 가는 건 좀……."

"오해예요!"

시각이 7시가 되었을 무렵. 데이트를 끝내고 자신들의 마을로 돌아온 케이키와 시호는 나란히 밤거리를 걷고 있

었다.

"아하하. 설마 케이키에게 그런 정열적인 모습이 있을 줄은 몰랐어."

"그에 대해서는 설명했잖아요."

"알아. 스토커에게서 날 지키려고 한 거지?"

"그렇긴 한데……."

시호를 집까지 바래다주는 임무 도중, 화제는 자연스럽게 푸드코트에서의 일이 되었다.

"뒤에서 안겼을 때는 엄청 설렜어. 남자에게 그런 짓을 당한 건 처음이었거든."

"죄송해요, 선배를 혼자 두면 안 될 것 같아서."

"그런 문자가 왔으니까. 어쩔 수 없었겠지."

"스토커는 정말 그 장소에 있었을까요?"

"글쎄? 우리를 동요시키기 위해 허세를 부렸을지도 몰라."

"그렇죠……."

결국 그 문자 이외에 범인에게서의 접촉은 없었다.

사유키와 유이카도 돌아오지 않았기 때문에 아무 일도 없었던 것처럼 데이트를 속행했고, 지금에 이르게 되었다.

"그렇다 치더라도. 토키하라와 코가는 정말 케이키를 좋아하는 것 같아. 변장하고 데이트에 따라오다니, 어지간히 사랑이 없으면 할 수 없는 일이야."

"사랑이라니……."

그건 그런 귀여운 게 아니었다.

그녀들의 행동력의 근원은 변태적인 욕망이었다.

"케이키와 데이트를 하고 싶어서 빼빼로 게임을 할 정도 니까. 고백하면 흔쾌히 승낙받고 사귈 수 있는 거 아닐까?"

"아니, 그건 좀……."

그 두 사람에게 고백 같은 걸 하면 그 앞에 기다리고 있는 건 주인님과 애완견의 관계였다.

케이키에게는 주인님이 될 생각도 노예가 될 생각도 없 었다.

"……그럼 내가 가질까?"

"네?"

갑자기 걸음을 멈춘 시호가 응석 부리듯 케이키의 팔을 끌어안았다.

"타, 타카사키 선배?!"

"에헤헤, 놀랐어? 아까 그 포옹에 대한 복수야."

"복수라니……."

"……저기, 케이키? 우리 정말 만나볼래?"

"네에에?!"

"아, 빨개졌다."

"놀리지 마세요."

"놀리는 거 아니야. 케이키와 함께라면 남은 고등학교 생 활이 좀 더 즐거워질 것 같아."

"선배……."

"오늘 데이트도 굉장히 즐거웠고. 지금 문제가 전부 해결 되면 사귀는 척이 아니라 정말 사귀는 것도 괜찮을 것 같지 않아?"

"……."

생각지도 못한 급전개에 이해가 잘 되지 않았다.

하지만 지금 미인 상급생이 자신을 유혹하고 있다는 것 정도는 알 수 있었다.

한 마디로 말하면 '봄날의 도래?!'와 같은 상황이었다.

합리적으로 생각하면 여자친구를 만들 찬스였지만 연애 초심자인 케이키는 어떻게 대답해야 좋을지 순간적으로 판 단이 서지 않았다.

팔을 끌어안은 채 대답을 기다리는 여자 선배와 완전히 얼어붙은 남자 후배.

그 균형을 깨트린 건 두 사람의 것이 아닌 다른 누군가의 목소리였다.

"……오빠?"

"응?"

소리가 난 쪽으로 눈을 돌렸을 때 그곳에는 따뜻해 보이 는 스웨터에 치마와 타이즈를 갖춘 사복 차림의 미즈하가 서 있었다.

아무래도 장을 보고 돌아오는 길인 듯 애용하는 에코백을 들고 있었다.

미즈하가 입을 열기 전에 시호가 순간 케이키에게서 휙 떨어졌다.

"케이키의 동생이지? 안녕."

"안녕하세요……."

평소에는 누구에게나 평온하게 대하는 미즈하가 기분 탓인지 딱딱한 목소리로 인사를 건넸다.

"오빠, 타카사키 선배랑 데이트했어?"

"아, 네. 지금 선배 집까지 바래다주려고요."

웬일인지 경어를 사용해 말하고 있는 오빠.

왠지 모르게 여동생에게서 압력 같은 걸 느낀 것 같았다.

"흐음, 그렇구나? 그럼 데려다주고 나면 다른 데 들르지 말고 빨리 와. 저녁을 만들어놓고 기다릴 테니까."

"알겠습니다."

남매라기보다 상사와 부하 같은 대화를 나눈 후, 미즈하는 시호에게 가볍게 인사를 건네고는 밤거리를 걸어갔다.

"케이키의 여동생은 여전히 귀엽네."

"자랑스러운 여동생이에요."

"하지만 남매 사이인데도 별로 닮지 않은 것 같아."

"우린 의붓남매니까요."

"뭐? 정말?!"

갑작스럽게 접하게 된 새로운 정보에 시호가 깜짝 놀랐다.

이렇게 예기치 못한 인물의 난입에 의해 정말 사귀자고
했던 이야기는 흐지부지되고 말았다.

월요일 아침, 탈의실에서 세수를 끝낸 케이키가 거실로 들어가자 앞치마 차림의 여동생이 웃는 얼굴로 맞이해주었다.

"아, 좋은 아침, 오빠."

"좋은 아침, 미즈하."

인사를 건네고 우유를 먹기 위해 미즈하가 있는 부엌으로 향했다.

그때 싱크대 위에 만들다 만 도시락을 확인하고 말았다.

"······저기, 미즈하?"

"왜?"

"오늘 도시락, 왠지 너무 호화로운 것 같은데?"

그것보다 양이 너무 많았다.

햄버그에 춘권, 시금치 참깨 무침, 계란말이 등등.

찬합 같은 도시락 통에 오빠가 좋아하는 음식이 가득 담겨져 있었다.

"오빠가 순조롭게 타카사키 선배를 공략한 것 같길래 연적인 미즈하로서는 오빠의 위장만이라도 붙잡으려고."

"연적이라니······."

뭐지?

말투는 평소와 다름없는데 왠지 모르게 미즈하의 말에 가시가 돋쳐 있었다.

"아……역시 아무 말 없이 선배랑 데이트해서 화났어?"

"화난 거 아니야."

"정말?"

"솔직히 오빠가 다른 사람과 데이트하는 건 유쾌하지 않지만. 너무 구속해서 오빠에게 미움받기 싫으니까."

"미즈하……."

"대신, 이번에 나의 누드 촬영에 협조해줬으면 좋겠는데."

"어느 세상에 여동생 누드를 찍는 오빠가 있어?"

그건 브라더 콤플렉스를 뛰어넘은 그저 그런 변태였다.

"아니, 미즈하, 또 전처럼 노팬티로 등교하는 건 아니지?"

노출벽이 있는 미즈하는 욕구불만 상태가 되면 노팬티 등교로 스트레스를 해소하는 곤란한 성격을 갖고 있었다.

"그런 짓 안 해. 오빠가 안 된다고 했으니까."

"그럼 다행이지만."

"대신 그런 기분이 드는 날은 비장의 승부 속옷을 입고 등교하고 있답니다."

"그건 정말 괜찮은 거야?"

"나조차도 인터넷으로 주문할 때 좀 주저한 우수한 상품이지요."

"정말 불안하기 짝이 없다."

노출마가 주저할 정도의 속옷이라니 상상하는 것도 무시무시했다.

"노팬티에는 미치지 못하지만 배덕감이라는 의미에서는 꽤 나쁘지 않아."

"이대로면 여동생이 변태가 되어버릴 것 같아…….".

아니, 노출광인 시점에서 이미 변태이긴 하지만.

이렇게 상스러운 팬티를 상용하게 되면 더 이상 손을 쓸 방도가 없어질 것이다.

"뭐, 어쨌든. 내일부터는 평범한 도시락으로 만들어줘. 그렇게 기합을 넣지 않아도 나의 위장은 이미 미즈하에게 붙잡혀 있으니까."

"오빠…….".

눈을 치켜뜨고 올려다보는 여동생의 머리에 손을 얹고 톡톡 쓰다듬었다.

"늘 맛있는 도시락을 만들어줘서 고마워."

"응…….".

쑥스러운 듯, 하지만 기쁜 얼굴로 미즈하가 미소 지었다.

"오빠를 위해서라면 매일 찬합 도시락을 만들 수 있어."

"제발 그러지 마."

다 못 먹을 것 같으니까.

◇

그날 점심시간. 인적 없는 건물 안쪽 복도에서 미닫이 문

틈으로 교실을 엿보고 있는 사유키와 유이카의 모습이 보였다.

교실 안에 있는 건 의자에 걸터앉은 시호와 케이키 위장 커플로,

"이렇게 숨어서 만나니까 왠지 로미오와 줄리엣 같은데."

"사람들 눈에 띄면 상대를 자극하게 될 테니까요."

"그런데 오늘 케이키의 도시락 정말 굉장했어."

"미즈하의 대작이에요."

그런 대화를 나누면서 여유롭게 식후 커피(종이팩)를 즐기고 있었다.

전날 데이트 이후, 케이키와 시호의 관계가 신경 쓰여 참을 수 없게 된 서예부 대표인 사유키와 멤버들이 케이키와 시호의 동향을 감시하고 있었다.

"(크윽, 사이가 좋아 보여서 너무 질투가 나…….)"

"(케이키 선배에게 나중에 벌을 줄 거예요…….)"

사유키와 유이카에게 케이키는 미래의 주인님이자 노예 후보였다.

그런 남자가 다른 여자와 친밀한 관계가 되다니, 자존심 높은 변태 소녀들에겐 용서하기 힘든 일이었다.

참고로 은밀 행동 중이라 두 사람의 음성은 작은 목소리로 보내드리겠습니다.

"(하지만 노골적으로 방해하면 케이키에게 미움받을 거야.)"

"(확실히, 그건 우리가 바라는 일이 아니죠.)"

억지로 끼어들면 의중에 있는 상대에게 미움받을지도 모른다.

그건 충견을 지망하는 사유키로서도, 이상적인 주인을 목표로 하는 유이카로서도 기피해야 할 결말이었다.

"(그것보다 코가, 조금 더 몸을 안쪽으로 집어넣어. 그렇게 얼굴을 내밀다 들킬라.)"

"(마녀 선배야말로 쓸데없이 큰 그 가슴을 집어넣으세요. 아까부터 등을 눌러서 무거워요.)"

"(나도 좋아서 커진 게 아닌데── 잠깐, 이거 큰일인데!!)"

"(웃?!)"

엿보고 있던 두 사람 사이에 긴장감이 흘렀다.

교실 안에 있던 시호가 힐끔 사유키와 유이카에게로 시선을 돌린 후 피식 웃은 것이다.

"타카사키 선배? 왜 그러세요?"

"아니, 아무것도 아니야."

"그래요?"

이상한 듯 고개를 갸웃거리는 케이키였지만 그 이상은 추궁하지 않았다.

"(……저 여자, 우릴 눈치챈 거지?)"

그런데 무슨 이유에선지 케이키에게 말하지 않았다.

그를 노리고 있다면 사유키를 시작으로 하는 서예부 부원들은 방해가 되는 존재.

엿보고 있다는 걸 일러바치면 이쪽의 호감도가 내려가고 그녀에게는 유리할 텐데.

타카사키 시호의 이해할 수 없는 행동.

거기에 무슨 의도가 있는지 불분명했지만 손바닥 위에서 놀아나고 있는 것 같아서 그리 좋은 기분은 들지 않았다.

"(케이키 선배는 저 사람에게 속고 있어요. 저렇게 급격하게 접근하다니, 뭔가 꿍꿍이가 있다고밖에 생각할 수 없어요.)"

"(그래. 어쨌거나 이 이상의 진전은 용납할 수 없어.)"

"(만약 케이키 선배에게 여자친구가 생기면 유이카의 노예 계획은 헛수고가 되니까요.)"

"(나의 펫 라이프도 위험해.)"

최종적인 목표는 달라도 그에게 연인이 생기면 곤란하다는 의미에서 현 시점에 두 사람의 목적은 일치하고 있었다.

타깃에게 다가가는 나쁜 벌레를 없앨 때까지는 함께 투쟁하는 것이 베스트겠지.

그런 두 사람의 심정을 아는지 모르는지 교실 안에서 담소를 나누고 있던 시호가 무언가 떠올랐다는 듯 말했다.

"그러고 보니 케이키?"

"왜요?"

"오늘은 오랜만에 학생회 일을 쉬는 날이야."

"흐음, 그렇구나. 그럼 오늘은 일찍 집에 갈 수 있겠네요."

"응. ……저기, 그리고."

"네?"

"오늘 우리 부모님이 늦게 오시는데……."

"네?"

"그러니까 괜찮으면 우리 집에 들렀다 가지 않을래?"

""(뭐야?!)""

시호가 내뱉은 뭔가 의미심장한 대사에 사유키와 유이카의 말문이 막혔다.

"케이키가 좀처럼 해주지 않아서…… 나 지금까지 계속 참고 있었어."

"타카사키 선배……."

"그러니까…… 응? 오늘은 마음껏 하자."

""(잠깐?!)""

재차 타격을 주는 듯한 대담한 발언을 듣고 변태 걸즈는 패닉에 빠졌다.

"(어, 어떻게 해요? 이거?! 저 사람, 완전히 케이키 선배를 유혹하고 있어요!!)"

"(괘, 괜찮아, 코가! 나의 유혹에도 넘어가지 않았던 케이키가 쉽게 넘어갈 리가 없는걸!)"

부모님이 안 계시는 집에 이성을 초대하는 건 즉 그런 뜻이었다.

남녀가 밀실에서 단둘이 할 만한 일이라면 하나밖에 없었다.

하지만 시호는 둘째 치고 케이키는 품행이 바른 동정.

평소부터 '처음은 좋아하는 여자에게 바친다'고 호언한 남자가 이런 노골적인 유혹에 넘어갈 것 같진 않았다.

"으―음, 글쎄요……."

"(물론 거절할 거지? 케이키!)"

"(믿고 있어요, 케이키 선배!)"

두 소녀가 간절히 비는 가운데 케이키가 대답하기 시작했다.

"알겠어요. 방과 후에 선배 집에 들를게요."

"(케이키?!)"

"(케이키 선배?!)"

잔혹한 판결은 간단하게 내려졌다.

소녀들의 기도는 하늘에 닿지 않았고 그에 의한 그녀의 자택 방문이 결정되고 말았다.

"기대하고 있을게. ……후훗♪"

""(뭐야?!)""

그리고 가장 마지막으로 원흉인 시호로부터 의기양양한 미소를 선물 받아서 참을 수 없었다.

"(이건 정말 일각의 유예도 줄 수 없겠는데.)"

"(네. 이대로면 케이키 선배가 저 암여우에게 잡아먹히고 말 거예요.)"

타임 리밋은 오늘 방과 후.

그가 그녀와 하교하기 전에 어떻게든 하지 않으면 안 된다.

"(우후훗, 주인님을 구하기 위해서니까. 다소의 장난은 허락해주겠지?)"

"(아핫, 두 번 다시 다른 여자에게로 눈을 돌리지 않도록 유이카가 다시 길들여줄게요.)"

두 사람의 눈에 떠오르는 광기의 빛.

폭주하는 변태 소녀들의 무시무시함은 이제 와서 말할 필요도 없다.

이 이후에 찾아올 공포를 이때의 케이키는 알 길이 없었다.

방과 후, 두 건물을 잇는 2층 복도에 케이키와 마오의 모습이 보였다.

마주 보듯 서서 케이키에게 마오가 진지한 얼굴로 말했다.

"키류, 부탁이 있어."

"부탁?"

"공주님 안기를 해줘."

"난죠를?"

"왜 그렇게 되는 건데? 당연히 아키야마지."

"그렇게 당연한 듯 말해봤자…….."

서예부가 자랑하는 BL 담당은 오늘도 컨디션이 좋았다.

HR 종료 후, 교실을 나서다 그녀가 불러 세워 여기까지 끌려왔지만 내놓은 용건이 너무 지독했다.

"뭐, 농담은 이 정도로 하고."

"눈이 진심이었는데."

"키류는 오늘도 학생회장이랑 같이 집에 가?"

"으응, 아직 스토커가 특정되지 않았으니까."

"그 스토커 말인데, 언제 해결돼? 미즈하에게 들었는데 전혀 진전이 없다며?"

"그래, 맞아…….."

시호와 연인 계약을 맺은 지 며칠이 지났지만 아직 범인의 꼬리를 잡지 못했다.

애초에 그 모습을 한 번도 본 적이 없었다.

문자가 도착한 이상 실재하는 건 틀림없는데…….

"도촬 사진을 한 장 보낸 것 이외에 실질적인 피해는 없고, 아직 상대의 목적이 뭔지 알 수가 없어…….."

"혹시 범인의 목적이 회장을 따라다니는 게 아닌 거 아닐까?"

"응? 무슨 뜻이야?"

"아니, 스토커라면 회장을 좋아하겠지? 그렇다면 오히려 회장이 아니라 키류를 괴롭힐 것 같은데."

"듣고 보니……."

협박하는 듯한 문자는 보냈지만 케이키에게 물리적인 방해 등은 하지 않았다.

케이키가 느끼고 있었던 위화감의 정체는 이거였다.

이 범인은 문자 이외의 접촉을 해오지 않았다.

시호와 헤어지길 바란다면 좀 더 효과적인 방법이 얼마든지 있을 텐데.

"내가 스토커라면 키류의 신발에 압정을 넣어둘 것 같은데."

"상상하는 것만으로도 아프다……하지만 그런 요란한 짓을 하면 문제가 될 거고 잡히지 않기 위해 신중하게 행동하는 거 아닐까?"

"그렇게까지 겁쟁이라면 문자도 보내지 않았을 거야. 왠지 모르게 주위를 휘젓기만 하는 것 같은데……."

그건 즉, 스토커의 목적은 시호가 아니라는 뜻인가?

그렇다면 범인이 노리는 건 뭐지?

"뭐, 사실이야 범인을 찾아서 물어볼 수밖에 없겠지만."

"그렇겠지."

"하지만 너무 무모하게 행동하면 안 돼. 키류에게 무슨 일이 생기면 난……."

"난죠?"

"……아무것도 아니야. 가능한 한 공주님의 기사로서 최선을 다하도록 해."

"으, 으응······."

"그리고 전부 해결되면 아키야마의 기사님으로서 최선을 다해줘."

"그건 싫어."

그 대답에 살짝 웃으며 마오가 빙글 등을 돌렸다.

그리고 용건이 끝났다는 듯 그 자리를 벗어났다.

츤데레인 그녀였다.

이러니저러니 해도 친구를 걱정해준 걸지도 모르겠다.

그런 여사친과 헤어진 후, 케이키는 시호와 합류하기 위해 학생 현관으로 향했다.

"타카사키 선배, 벌써 기다리고 있을까?"

그녀와는 승강구에서 만나기로 약속을 한 상태였다.

시호를 바래다줄 때는 항상 늦은 시간이었기 때문에 밝을 때 돌아가는 건 신선한 기분이었다.

그런 생각을 하면서 신발장 앞에 도착.

걸음을 멈추고 자신의 신발장을 바라보며 잠시 생각에 빠졌다.

"······압정이 들어있진 않겠지?"

마오와의 대화를 떠올리고 말았다.

역시 없을 거라고 생각하면서도 움찔거리며 신발장을 열었다.

결론부터 말하자면 압정은 들어있지 않았다.

다만 다른 것이라면 들어 있었다.

신발 위에 메모 조각이 놓여 있었다.

"응? 뭐지?"

메모를 들어보니 거기에는 무기질한 손 글씨로 다음과 같이 쓰여 있었다.

"타카사키 시호는 우리가 데리고 있다. 보건실까지 혼자와라."

그건 긴급사태를 알리는 내용이었다…….

"타카사키 선배가 위험해!!"

생각보다 먼저 몸이 움직였다.

방과 후, 보건실을 향해 달리면서 자신의 안일함을 질타했다.

이렇다 할 피해가 없다고 방심하고 있었다.

상대는 도촬 사진을 보내는 위험인물이었는데 당치않은 짓은 하지 않을 거라고 우습게보고 있었다.

한시라도 빨리 구해야 해—.

그런 마음 하나로 공주님을 빼앗긴 기사는 지정 장소로 서둘러 향했다.

"—타카사키 선배!"

협박장을 읽은 케이키는 1층에 있는 보건실로 달려갔다.

거칠어진 숨을 계속 몰아쉬며 보건실 안을 둘러보았다.

"……아무도 없잖아?"

언뜻 보기에 실내에 인영은 없었다.

밖은 아직 밝은데 창문을 가린 커튼의 영향으로 보건실은 어두컴컴했다.

게다가 침대 공간도 칸막이용 커튼으로 가려져 안쪽 모습을 확인할 수 없게 되어 있었다.

"이쪽인가……?"

가방을 그 자리에 두고 천천히 침대 쪽으로 다가갔다.

그리고 기세 좋게 커튼을 열어젖혔다.

"어서 오세요~ ♪"

"앗?!"

그곳에 있던 건 낯익은 인형탈.

침대 위에 무릎을 세우고 양팔로 다리를 감싸 안은 곰돌이가 팔랑팔랑 손을 흔들고 있었다.

"왜 곰돌이가?!"

낯이 익은 건 당연했다.

그건 지난달 축제에서 사유키가 썼던 곰돌이 인형탈이었으니까.

"그럼……이건 덫인가?!"

"훗, 눈치를 챘다고 해도 이미 늦었어! —지금이야, 토끼!"

"라저!"

곰돌이가 외친 순간, 옆 침대의 커튼이 열리면서 안에서 토끼 인형탈이 달려 나왔다.

"뭐야?!"

갑작스러운 뉴 페이스 등장에 놀라 대응이 늦은 케이키를 두 명의 인형탈이 앞뒤로 가로막았다.

"당했다!"

불려나온 시점에 이미 덫일 가능성은 생각하고 있었다.

하지만 설마 범인이 2인조일 줄은 몰랐다.

"자, 얌전히 포박당하도록 해!"

"얌전히 있으면 부드럽게 해줄게요!"

"으아아아앗?!"

그때부터는 일방적인 전개였다.

연계된 움직임에 침대로 쓰러진 케이키는 만세를 한 상태로 양손을 침대에 묶이고 말았다.

"왜 이런 일이······."

케이키는 그저 붙잡힌 시호를 구하러 온 것뿐인데.

기다리고 있던 건 인형탈을 쓴 두 사람에 의한 악몽 같은 처사였다.

"토끼양, 문을 좀 잠그도록 해."

"네에 ♪"

곰돌이의 지시에 폴짝폴짝 가벼운 발걸음으로 토끼가 출

입구로 향했다.

그 직후 철커덕 하고 열쇠 잠기는 소리가 울려 퍼졌다.

돌아온 토끼가 곰돌이에게 경례를 했다.

"곰돌이 대장! 자물쇠 잠금을 확인했습니다!"

"수고했네. 잘했어, 토끼양."

"뭐야, 이거……."

태클을 걸 부분이 너무 많은 무질서한 광경에 머리가 돌아가지 않았다.

"이걸로 방해꾼은 들어오지 않겠지."

곰돌이의 그 말을 신호로 침대 앞에 선 두 명이 동시에 인형탈 머리 부분을 벗었다.

그 안에서 나타난 건 흑발의 미녀와 금발의 미소녀.

"사유키 선배…… 유이카……."

"후후후, 안에 있는 사람이 우리라서 놀랐어?"

"아뇨, 이미 목소리만 듣고 알고 있었는데요."

들키지 않았을 거라고 생각했다는 사실에 놀랐다.

"아, 타카사키에 대해서라면 안심해도 돼. 신발장에 넣어둔 협박문에 타카사키를 데리고 있다는 부분은 거짓말이니까. 지금쯤 어딘가에서 케이키를 찾고 있지 않을까?"

"역시 학생회장을 납치하는 건 곤란하니까요. 그 정도의 상식은 갖고 있다고요."

"이 상황이 이미 비상식적이거든."

여고생 2명에 의한 납치 감금 사건이 현재 절찬 진행 중.

그건 그렇고, 케이키에게는 확인하지 않으면 안 되는 일이 있었다.

"일단 확인하겠는데 두 사람은 타카사키 선배의 스토커가 아니지?"

"응? 케이키, 무슨 말을 하는 거야?"

"유이카에게 흥미 있는 건 케이키 선배뿐이에요. 그런 무의미한 짓을 할 리가 없잖아요."

"뭐, 그건 그렇지."

이 두 사람은 시호를 따라다니고 있는 스토커와는 관계가 없는 것 같았다.

애초에 데이트 때는 사유키와 유이카의 삐빼로 게임 도중 메일이 도착했었다. 그녀들이 그 문자를 송신하는 건 불가능할 것이다.

(······하지만 다행이야. 타카사키 선배는 무사하니까.)

이유를 알지 못한 채 구속당했지만 그것만 알면 충분했다. 다만 그렇게 되면 다른 의문이 부상한다.

"······어라? 그럼 난 왜 묶인 거야?"

불러낸 이유도 불분명하고 구속된 이유도 알 수 없었다.

게다가 왜 그녀들은 인형탈을 쓰고 있는 거지?

생각하면 할수록 혼란스러운 이 상황이 도드라졌다.

"후후, 그거야 당연한 거 아니겠어?"

"케이키 선배를 되찾기 위해서죠."

당황한 케이키에게 미소를 지으며 두 사람은 요령 좋게 등 뒤의 지퍼를 내리고 인형탈을 벗어던졌다.

"허억?!"

그 모습을 본 케이키에게서 경악하는 소리가 새어 나왔다.

무려 그녀들은 브래지어와 팬티만 입은 속옷 차림이었다.

유이카는 귀여운 디자인의 핑크 속옷.

사유키는 어른스러운 물빛의 속옷을 입고 있었다.

"잠깐만, 잠깐만, 잠깐만!! 학교에서 옷을 벗다니 무슨 생각을 하는 거예요?!"

"학교에서도 벗는 일은 있어. 체육 시간에 탈의실에서."

"여긴 보건실이고 남자가 앞에 있잖아요!!"

"사소한 건 아무래도 상관없잖아요."

유이카의 말을 시작으로 두 사람이 침대 위로 올라왔다.

두 사람은 구속된 남자의 양쪽으로 고양이처럼 다가와 케이키의 교복 상의와 셔츠 단추를 풀기 시작했다.

"아핫, 케이키 선배도 어서 벗어요."

"남자의 옷을 벗기다니, 좀 흥분되는데?"

"이런 짓을 하다가 누가 보면 어쩌려고?"

"걱정할 필요 없어. 문을 잠갔으니까 학생들은 들어오지 않을 거고 양호 담당인 타치바나 선생님도 오늘은 남자친구랑 데이트가 있다면서 의기양양하게 정시에 퇴근했거든."

"범행이 너무 계획적이라 무서워!!"

상황은 제대로 파악되지 않았지만 두 사람이 진심이라는 건 알 수 있었다.

그렇게 눈 깜짝할 사이에 모든 단추가 풀렸고 앞가슴이 벌어지고 말았다.

"후후, 알몸의 여자가 둘이나 다가오면……."

"역시 케이키 선배도 쉽게 넘어오겠죠?"

달콤한 목소리를 흘리며 속옷 차림의 두 사람이 그 몸을 아낌없이 꽉 눌러댔다.

"케이키……."

"케이키 선배……."

속옷에 감싸인 가슴을, 노출된 무방비한 복부를, 거짓말처럼 부드러운 여자의 살갗을 문지를 때마다 미지의 편안함이 온몸을 돌아다녔다.

"두 여자에게 봉사 받는 기분은 어때?"

"원래라면 노예인 케이키 선배에게 이런 짓을 할 이유가 없지만요."

응석 부리듯 그렇게 말하며 두 소녀는 좌우에서 동시에 케이키의 뺨에 키스를 했다.

"흐아아아아앗?!"

너무나도 갑작스러운 전개에 케이키의 이성이 붕괴 직전.

(여기가 천국인가요?!)

아니면 혹시 그런 가게?

아니, 여긴 현실 세계이며 학교 보건실이었다.

다른 학생들도 이용하는 신성한 배움의 장에서 완전히 발정이 난 표정의 두 여학생에게 덮쳐지고 있었다.

"그 여자와 관계를 끊는다면 우리를……."

"마음대로 해도 돼요……."

두 사람의 촉촉한 손이 케이키의 가슴에서 하복부로 이동하고 있었다.

그리고는 그대로 경쟁하듯 바지 벨트를 벗기기 시작했다.

"뭐 하는 거야?!"

"여기까지 왔는데 아직도 포기하지 못한 거야, 케이키?"

"맞아요! 얌전히 단념하세요!"

"아무리 그래도 바지는 말이 안 되잖아요!!"

"바지? 케이키, 대체 무슨 말을 하는 거야?"

"그러게요. 당연히 팬티도 벗길 건데."

"싫어어어어어어어어어!!"

필사적으로 저항을 시도했지만 손을 묶인 상태에서는 몸을 비트는 것 정도밖에 할 수 없었다.

어이없이 벨트가 벗겨지고 지퍼가 내려가고 결국 바지가 벗겨지고 말았다.

"으윽……흑……난 이제 장가도 못 갈 거야……."

"여자들이 옷을 벗겼다고 울상이 되다니, 케이키 선배는 귀엽네요. 유이카, 좀 오싹거려요."

"가끔은 주인님에게 반기를 드는 것도 나쁘지 않구나."

"당신들은 악마야!!"

여럿이 몰려들어 바지를 벗기다니, 인간의 소행이라고는 생각할 수 없었다.

"자, 나머지는 팬티뿐이네요."

"팬티만은 좀 봐주세요!"

"안 돼. 그 여자에게 빼앗길 바에야 케이키의 동정은 우리가 갖겠어."

"……네? 동정?"

사유키가 내뱉은 키워드.

그것은 그냥 듣고 흘려버릴 수 없는 것이었다.

"잠깐만? 나의 동정을 빼앗기다니, 그게 무슨 말이에요?"

"무슨 말이냐니…… 케이키가 점심시간에 이야기했잖아. 방과 후에 타카사키 집에 가겠다고."

"분명 그런 말을 하긴 했는데…… 뭐야, 엿들은 거예요?"

"아, 아니거든……."

"왜 1초 만에 들킬 거짓말을 하는 거지?"

"어, 어쨌든 얼버무리려고 해봤자 소용없어! 타카사키도 계속 참고 있었다는 둥 마음껏 하자는 둥 의미심장한 말을 건넸고, 둘이서 음란한 짓을 할 생각이잖아?!"

"맞아요! 이대로면 케이키 선배가 정말 타카사키 선배와 사귈 것 같은 분위기라 마녀 선배와 협력해서 그 여자에게 서 되찾기로 한 거라고요!"

"아……."

겨우 납득이 갔다.

어째서 이 두 사람이 이런 폭거를 일으킨 것인지 그 이유 가 판명되었다.

"말하기 힘들지만…… 그건, 게임 이야기였어요."

""뭐?""

"전부터 같이 게임하자고 약속했었거든요. 다만 타카사 키 선배가 학생회 때문에 바쁜 데다 요즘 여러 가지 일이 생 기는 바람에 계속 연기가 됐던 거고. 오늘은 학생회가 쉬는 날이라 타카사키 선배 집에서 게임하자는 이야기가 나온 건 데……."

"……."

"……."

침묵. 압도적 침묵.

어색한 공기가 한순간 보건실을 가득 채웠다.

그 정숙을 깨뜨린 건 얼굴을 새빨갛게 물들인 사유키로,

"그, 그치만, 그치만! 만약 타카사키와 그런 관계가 되면 나의 주인님이 될 수 없을 거라고 생각했는걸!"

"응, 뭐, 어차피 주인님이 되지는 않겠지만요."

적반하장으로 나오는 상급생을 응대했고,

129

"케이키 선배는 유이카에게만 꼬리를 흔들면 돼요!"

"난 개가 아니야."

똑같이 격앙된 여자 후배를 정복했다.

"냉정하게 생각하면 우리가……."

"꾐장히 엄청난 짓을 해버린 것 같은데……."

겨우 변태 걸즈의 머리가 차가워진 듯했다.

"알았으면 두 사람 모두 어서 옷을 입어요."

그리고 지금 당장 구속을 풀고 바지를 입게 해줬으면 좋겠다.

"네, 사유키는 가급적 신속하게 옷을 갈아입고 올게요……."

"폐를 끼쳐서 정말 죄송합니다……."

다른 사람처럼 저자세로 사과를 건넨 후 침대에서 내려온 두 사람.

아무 말 없이 묶여 있던 케이키의 손을 풀어주고 인형탈을 다시 입고 머리 부분을 장착한 후 둘이 함께 보건실을 나갔다.

옷을 갈아입기 위해 서예부실이나 탈의실로 향하려는 거겠지.

"선생님한테 불심 검문이라도 당하면 큰일일 텐데."

인형탈 속이 반라라는 게 알려지면 최악의 경우 정학도 받을 수 있었다.

(그것보다 나의 이성도 위험했어…….)

속옷 차림의 두 명의 여학생이 자신에게 다가왔었다.

꿈속에서도 좀처럼 맛볼 수 없는 핑크빛 체험에 내심 두근거렸던 건 말하지 말자.

부리나케 바지를 고쳐 입고, 벨트도 채웠다.

"아, 그렇지. 타카사키 선배한테 연락해야겠다."

오늘은 같이 집에 가자는 약속을 했었다.

연락도 없이 행방을 감춘 후배를 기다리고 있을 것이다.

서둘러 스마트폰을 꺼내 그녀의 번호를 불러냈다.

케이키가 번호를 누른 것과 같은 타이밍에 보건실에서도 휴대전화 착신음이라고 생각되는 멜로디가 울려 퍼지기 시작했다.

"뭐야, 이 소리는……?"

소리가 나는 곳은 보건실 구석에 놓인 청소 용구를 넣는 로커.

전화를 계속 걸고 있는 스마트폰을 손에 든 채 로커로 걸어가 그 문을 열었다.

세로로 길게 만들어진 좁은 공간에 막대 걸레나 빗자루와 함께 타카사키 시호가 수납되어 있었다.

"타카사키 선배?!"

"아……."

스마트폰을 손에 든 그녀의 교복은 흐트러져 있었고 블라우스 단추가 풀려 살짝 앞가슴이 보였다.

치마도 말려 올라가 새하얀 다리가 드러나 있었다.

뺨은 가엾을 정도로 홍조를 띠고 있었고 숨도 막 끊어질 것 같고 땀투성이였다.

"여기 갇혀 있었던 거예요?! 설마 사유키 선배랑 유이카가?!"

"아⋯⋯아니, 아니야."

후배가 추궁하자 그녀는 겸연쩍은 듯한 표정을 지었다.

"이건, 저기⋯⋯ 스스로 들어왔다고나 할까⋯⋯."

"네? 직접 들어갔다고요? ⋯⋯왜요?"

진심으로 이유를 알 수 없었다.

스스로 로커에 들어갔다니, 그게 대체 무슨 뜻이지?

"⋯⋯헉?! 설마 진짜 스토커에게 강요당한 거예요?!"

"뭐?! 아, 아니, 아니야! 그런 사람은 없으니까!"

"네? 없다고요?"

"아, 이런⋯⋯."

실언을 했다는 듯 시호가 입을 막았다.

하지만 케이키는 확실히 듣고 말았다.

"없다니, 그게 무슨 말이에요?"

"아⋯⋯이런, 이제 얼버무리는 건 무리인가⋯⋯?"

단념한 것처럼 숨을 내쉬는 시호.

다시 고개를 들고 그녀는 순순히 자백했다.

"실은 내가 스토커야."

"⋯⋯네?"

그건 지금까지의 전제를 근본부터 뒤엎는 고백.

그녀가 보여준 스마트폰 화면에는 범인이 케이키에게 보낸 증거 문자가 확실하게 표시되어 있었다.

몇 분 후, 보건실은 무거운 분위기에 휩싸여 있었다.

의복을 단정하게 갖춘 시호가 침대 끝에 걸터앉아 있었고 옆 침대 끝에는 어두운 얼굴의 케이키가 앉아 있었다.

창문 커튼은 열려 있었는데 무거운 공기 탓인지 조금도 밝게 느껴지지 않았다.

"자백하자면 전부 자작극이었어."

"전부라니⋯⋯."

"전부 다. 스토커가 있다는 건 거짓말. 스토커인 척하고 케이키에게 문자를 보낸 것도 나야."

"그럼 그 도촬 사진도⋯⋯?"

"그건 같은 반 친구가 장난으로 찍은 걸 이용한 것뿐이야. 데이트할 때는 토키하라와 코가의 사진을 찍는 척하면서 문자를 보냈고."

"아아⋯⋯."

그런 거라면 확실히 납득이 갔다.

사진을 찍는 척하면서 문자를 보내는 건 가능하겠지.

하지만 알 수 없는 건—.

"왜 그런 거짓말을 한 거예요?"

"케이키를 좋아하니까♪"

"진지하게 묻고 있는 거예요."

"뭐, 그렇겠지……."

부자연스러운 미소를 거두고 갑자기 원래대로 돌아온 시호.

잠시 침묵을 두고 불쑥 속삭이듯 그녀는 자백했다.

"케이키는 다른 누군가의 소유물이 묘하게 매력적으로 보였던 적 없어?"

"네?"

"난 있어. 다른 사람이 소중하게 아끼는 것일수록 멋지게 보여서 갖고 싶어지는 일이."

"타카사키…… 선배?"

"난 말이지, 다른 사람의 연인을 빼앗는 취미를 갖고 있어."

"네? 다, 다른 사람의 연인을 빼앗아요?"

"몰라? 누군가가 좋아하는 사람을 뺏거나 반대로 빼앗기면서 즐기는 플레이를 말하는데."

"아니, 지식으로서는 알고 있지만……."

NTR이라고 쓰고 '이성을 빼앗는다'라고 읽는 특수한 성벽이었다.

"중학교 때, 계속 짝사랑했던 남자애가 다른 여자애랑 사귀게 됐어. 그리고 두 사람이 교실에서 키스하는 모습을 우연히 목격했는데…….”

“우와…….”

“굉장히 슬펐지만 동시에 굉장히 오싹거리면서 나로서도
믿을 수 없을 정도로 흥분했었어.”

“네에에……?”

“모르겠어? 너무 분해! 하지만 굉장히 느껴져! 같은 기분.”

“죄송해요, 모르겠어요.”

“뭐, 그렇겠지. 내가 특수한 케이스라는 자각은 있으니까.”

“…….”

“그 이후 나에게 연애 대상은 여자친구가 있는 남자가 되
어버렸어. 아무리 멋있어도, 아무리 착해도 그것만으로는
안 돼. 부족해. 연인이 있는 사람이 아니면 전혀 설레지 않
아.”

그렇게 고백하며 그녀는 쓸쓸하게 내리깔고 있던 눈동자
를 케이키에게로 옮겼다.

“하지만 최근 이상적인 남자를 발견했어. 그게 케이키야.”

“네? 저요?”

“케이키는 많은 여자애들이 좋아하잖아? 토키하라에 코
가, 난죠에 여동생까지. 아이리도 케이키에게는 마음을 열
었고 아야노와도 친하고 린도 널 잘 따르고.”

“린은 남자거든요.”

“전에 아이리가 찍어온 서예부 사진이 있었지?”

비매품

귀여우면 변태라도 좋아해 주실 수 있나요? 8

©Tomo Hanama 2019
Illustration : sune
KADOKAWA CORPORATION

"아, 바니걸 사건 때……."

바니걸 복장을 한 사유키와 유이카에게 습격당해 엉망이 된 모습을 아이리가 포착한 것이었다.

격노한 아이리가 증거 사진을 시호에게 제출하고 서예부의 폐부를 강요했었다.

"바니걸을 옆에 둔 케이키를 보고 '이 아이, 가능성이 높은데?'라고 생각하게 됐어."

"그 단계부터?!"

시호와 교류를 가진 지 얼마 되지 않았을 무렵이었다.

꽤 전부터 눈독들이고 있었다는 게 된다.

"케이키는 누구와도 사귀지 않지만 많은 여자애들이 접근하는 너라면 이성을 빼앗는 플레이를 유사 체험할 수 있을 것 같았어."

"그럼 서예부 멤버들에게 마구잡이로 도발적인 말을 한 건……."

"응, 그 아이들의 질투심을 부추긴 거야."

"우와……."

"케이키와 데이트한다는 이야기도 일부러 아이리에게 말했어. 코가에게 전하면 가만히 있을 것 같지 않아서. 결과는 알고 있는 대로 대성공이었지. 데이트권을 위해 빼빼로 게임을 하던 토키하라와 코가가 너무 귀여웠어."

"……."

시호가 스토커를 연기했던 건 케이키와 연인 놀이를 하면서 서예부 멤버들이 자신을 시샘하게 만들어 그녀들의 질투심을 부추기기 위해서였다.

　주변 사람들을 혼란스럽게 하는 것뿐이라는 마오의 추리는 정확했다.

　"처음부터 그걸 목적으로 스토커가 노리고 있다는 거짓말을 했어. 그렇게 말하면 착한 케이키가 거절하지 않을 것 같았거든."

　"그래서 범인을 찾을 수 없었던 거군요."

　원래 스토커 따위 없었으니까.

　실체가 없는 유령을 잡을 수 있을 리 없었다.

　"처음에는 살짝 시험만 해볼 생각이었는데. 상상 이상으로 질 높은 빼앗기 플레이가 가능했다고나 할까, 질투하는 여자애들이 너무 귀여워서 오싹오싹했어."

　"으으윽……."

　뺨을 붉게 상기시킨 채 우물쭈물 대는 상급생을 바라보며 정색했다.

　"아까도 토키하라와 코가에게 케이키를 빼앗긴다고 생각했더니 거짓말처럼 가슴이 설레더라. 너무 흥분해서 로커 안에서 혼자 해버렸다니까……."

　"뭘요?!"

　마구잡이로 의복이 흐트러져 있었던 건 설마 혼자……?

강력한 지뢰를 밟을 것 같아서 그 이상은 추궁하지 않기로 했다.

"솔직히 어어어어어엄청 젖었어."

"변태다!!"

비보, 학생회 멤버도 전원 변태였다.

하지만 시호의 변태 케이스는 4명 중에서도 아주 발군이었다.

"아까 케이키에게서 전화가 걸려왔을 때는 엄청 당황했다니까. 매너모드로 해놓는 걸 잊다니, 멍청했어."

"응? 애초에 어떻게 타카사키 선배는 유이카와 사유키 선배의 계획을 눈치챈 거예요? 로커 안에 있었다는 건 두 사람이 오기 전부터 보건실에 있었다는 뜻이잖아요?"

"점심시간에 두 사람이 엿듣고 있는 건 알고 있었으니까. 일부러 오해 사는 말을 꺼내서 그 이후의 행동을 감시했어. 케이키의 신발장에 메모를 넣길래 살짝 먼저 봤지."

"수법이 완전 스토커 같은데요."

역시 능력 있는 여자. 행동력이 장난 아니었다.

"하지만 설마 두 사람 모두 속옷만 입고 다가갈 줄은 몰랐어. 케이키도 그리 싫지만은 않았지?"

"……노코멘트 할게요."

상당히 코멘트하기 곤란한 질문은 그렇다 치고, 드디어 시호의 본성이 판명되었다.

상냥한 누님?

드디어 만난 상식인?

당치도 않았다.

타카사키 시호라는 소녀는 터무니없는 변태로 매니악한 특수 성벽을 가진 표준적이지 않은 변태 소녀였다.

"케이키와 함께라면 다양한 연인 빼앗기 플레이를 할 수 있을 것 같은데 이대로 정말 사귀지 않을래?"

"거절할게요!"

"그래? 아쉽다."

무사태평하게 그렇게 말하며 그녀는 살며시 고개를 숙였다.

"미안, 계속 속여서. 하지만 케이키와 함께 있으면서 즐거웠던 건 정말이야."

"타카사키 선배……."

"아, 나의 취향은 비밀로 해줘. 학생회 임원들도 모르니까. 누군가에게 이야기하면 나도 서예부 멤버들의 비밀을 폭로해버릴 거야."

"아아, 역시 들통나고 말았네요……."

거리낌 없이 '노예'라든가 '주인님'이라는 말을 사용했으니 당연하겠지.

계속 엿보고 있었다면 사유키와 유이카의 성벽은 파악 끝냈을 것이다.

케이키에게 함구령을 내리고 크게 기지개를 켠 시호가 침대에서 일어났다.

"오늘은 혼자 갈게. 거짓말을 들킨 이상, 바래다 달라고 할 순 없으니까."

"……그러네요."

"내가 심한 짓을 했으니 앞으로도 사이좋게 지냈으면 좋겠다는 말은 못 하겠지만 한 번 정도는 같이 게임을 하고 싶었어."

"……."

같이 게임을 하고 싶었다고 그렇게 중얼거리는 그녀의 옆모습이 쓸쓸해 보여서 왠지 내버려 둘 수 없었다…….

"좋아요, 같이 게임 정도는 뭐."

정신을 차려보니 침대에서 일어나 그런 말을 하고 있었다. 시호로서도 뜻밖의 말이었겠지.

불의의 습격을 받은 그녀가 멍하니 후배를 바라보았다.

"어째서……? 내가 케이키를 속였는데……."

"저도 타카사키 선배와 같아요. 속았다고 해도 함께했던 시간은 즐거웠으니까. 게다가 전부터 게임을 하자고 약속했었잖아요."

"내가…… 싫어지지 않았어?"

"전 사유키 선배나 유이카와도 잘 지내거든요? 좀 변태 같다고 해서 좋아했던 사람이 싫어지진 않아요."

"……."

그 말에 그녀는 눈을 크게 떴다.

"……케이키."

"네?"

"역시 나랑 사귀지 않을래?"

"그건 사양할게요."

"에이―."

그 이후 케이키는 예정대로 그녀의 집에 방문했다.

초대받은 여자 선배의 방에서 플레이한 건 몬스터를 사냥하는 베이직한 게임이었고 같이 게임을 한다는 약속은 무사히 지킬 수 있었다.

◇

스토커 사건이 해결되고 시호와의 연인 계약이 만료된 그 다음날.

아침 통학로를 케이키는 미즈하와 둘이서 걷고 있었다.

"미즈하 씨, 오늘은 기분이 좋으신 것 같네요?"

"그런가? 아마 그럴지도. 에헤헤."

보고 있는 이쪽이 행복한 기분이 들 정도의 귀여운 미소였다.

케이키와 시호의 파국이 어지간히 기뻤던 듯 어젯밤 보고 이후 계속 기분이 좋아 보였다.

"참고로 미즈하 씨, 오늘 팬티는 무슨 색깔인가요?"

"하얀색입니다."

"청초한 스타일?"

"청초한 스타일이에요."

"좋아, 합격!"

"아니, 불합격이지. 네가 완전 불합격이야."

"응?"

차가운 목소리에 뒤를 돌아봤는데 경멸하는 눈으로 마오
가 서 있었다.

"여동생에게 팬티 색깔을 물어보다니, 오빠 이전에 인간
으로서 아웃이야."

"정말 맞는 말이라 끽소리도 못하겠어."

부녀자에게 상식을 배울 줄은 몰랐지만, 이쪽이 불리했기
때문에 입을 다물기로 했다.

"마오, 안녕."

"안녕."

짧게 인사를 건넨 마오가 미즈하에게 다가가 귓속말을
했다.

"너도 조심해. 키류의 성희롱은 적당히 무시하고."

"아주 잘 들리거든?"

심히 유감이었다. 여동생의 변태화를 저지하기 위해 팬티

체크를 한 것뿐인데.

"괜찮아. 오빠에게라면 성희롱당해도 만족스러우니까."

"그러고 보니 미즈하는 그랬었지……."

그렇게 마오까지 합세해 셋이 등교하고 있는데 교문 앞에서 사유키와 유이카, 두 사람과 우연히 마주치게 되었다.

"응? 별일이네, 아침부터 부원들이 전부 모이다니."

"마녀 선배는 늘 지각하기 직전에 오니까요."

"코가, 이상한 트집 잡지 말아줄래? 난 평소에도 여유를 갖고 등교하고 있어."

평소처럼 두 사람이 사이좋게 싸움을 시작했고,

"부장이랑 유이카는 남자로 성전환하면 좋은 소재가 되겠어."

"네 머리는 대체 어떻게 되어 있는 거야?"

부녀자의 문제적 발언에 케이키가 태클을 걸었고,

"다들 아침부터 활기차네."

4명의 대화를 지켜보면서 미즈하가 간단한 감상을 늘어놓았다.

그런 서예부원들을 향해 가벼운 발걸음으로 다가오는 인영이 한 명.

"좋은 아침, 케이키!"

"타카사키 선배, 안녕하세요."

웨이브 머리를 휘날리며 인사한 시호가 미소를 보여주

었다.

"""……."""

한편 여자부원들은 갑작스러운 방해꾼의 등장에 불만스러운 모양이었다.

적의를 드러내는 소녀들의 시선을 한 몸에 받으며 남의 연인을 빼앗는 취미를 가진 변태가 히죽거렸다.

"케이키는 아침부터 인기가 많구나."

"아니, 그러니까 오해라니까요."

"그래? 그럼 나에게도 기회가 있다는 뜻?"

"네?"

의미심장한 대사를 내뱉으며 케이키와의 거리를 좁힌 시호가 '에잇' 기세 좋게 후배의 팔을 끌어안았다.

"""뭐야?!"""

사유키 이하 서예부 멤버들이 살기를 띠었지만, 학생회장님은 아랑곳하지 않았고,

"각오해. 조금이라도 틈을 보이면 사양 않고 빼앗을 거니까."

"제발 좀 봐주세요……."

4명의 질투 어린 시선을 받으며 몇 초 후 찾아올 아수라장을 상상하며 케이키는 한숨을 내쉬었다.

◇

　방과 후, 하굣길에 슈퍼에 들러 할인상품인 두부와 우유를 구입한 미즈하는 희희낙락한 얼굴로 집으로 걸어가고 있었다.

　"대어야, 대어, 오늘 밤은 마파두부야."

　미즈하도 케이키도 너무 매운 건 못 먹기 때문에 마파두부는 항상 약간 매운맛을 유지했다.

　키류 가에서는 예전부터 마파가지도 카레도 약간 매운맛이었다.

　"하지만 오빠는 예전부터 소고기 감자조림은 달짝지근한 걸 좋아했어."

　어릴 때부터 오빠가 좋아했던 음식을 생각하니 미소가 흘러나왔다.

　옛날부터 요리를 만든 만큼 미즈하는 오빠의 음식 취향을 전부 다 알고 있었다.

　이렇게 오빠를 위해 메뉴를 생각하는 건 그녀에게 행복한 시간이었다.

　"……가능하면 평생 오빠를 위해 요리를 하고 싶어."

　작은 목소리로 진심을 말하며 집으로 향했다.

　익숙한 길 그 도중에 있는 공원 앞까지 왔을 때였다.

　"……어라?"

낯익은 인물을 발견하고 미즈하는 걸음을 멈췄다.

공원 안에 있는 벤치 앞에서 양 갈래로 머리를 질끈 묶은 낯익은 여고생이 뭔가 곤란한 듯 허둥지둥하고 있었다.

목격해버린 이상 못 본 척할 수는 없었다.

잠시 들렀다 가기로 결정하고 미즈하는 공원 벤치로 걸음을 옮겼다.

"무슨 일이야, 아이리?"

"아, 미즈하 선배……."

꽤 궁지에 몰린 것 같았다.

다가가서 말을 걸자 고개를 돌린 아이리가 버려진 강아지 같은 눈으로 미즈하를 바라보았다.

"실은……."

여자 후배의 시선 끝엔 아무렇게나 놓인 목제 벤치가 있었고, 낯익은 인물이 또 한 명 앉아 있었다.

"오오토리 선배?"

"아…… 미즈하……."

몸집이 작은 아이리의 뒤에 가려질 정도로 작은 체구.

교복 위에 파카를 걸친 오오토리 코하루가 눈물이 가득 맺힌 눈으로 미즈하를 올려다보았다.

"무슨 일 있었어요?"

"……."

미즈하가 묻자 코하루는 작게 고개를 끄덕였다.

"……실은 쇼마와 싸우고 말았어요."

그건 어느 평일 방과 후, 하굣길에 일어난 일이었다.

교제를 시작한 지 3개월이 된 코하루와 쇼마는 그날도 사이좋게 하교하고 있었다.

"그러고 보니, 키류와 회장님 일은 어떻게 됐어요?"

"아아, 스토커 일은 해결됐다고 했어. 연인 계약도 만료된 것 같고."

"그래요?"

"하지만 왠지 전보다 타카사키 회장이 케이키를 마음에 들어 하는 것 같아."

"오늘 아침에도 키류를 끌어안고 있던데."

"자각은 못 하지만 케이키가 나보다 훨씬 인기가 많으니까. 좀 특이한 여자애들뿐이지만."

"어쩌면 회장님도 변태라든가?"

"글쎄? 케이키라면 가능할지도."

키 차이가 나는 커플의 대화 주제는 자연스럽게 공통의 친구가 되었다.

참고로 최근 오오토리의 고민은 '남자친구와 걸어가도 나이 차이 많이 나는 남매라고 여기는 것'이라고 합니다.

"다음에 키류나 난죠도 불러서 같이 놀러 갈까요?"

"그거 좋은데?"

사건이 일어난 건 쇼마와 코하루가 잡담으로 꽃을 피우고 있던 바로 그때였다.

이야기를 나누는 두 사람 앞으로 한 명의 여자초등학생이 걸어온 것이다.

빨간 책가방을 맨 나이는 10살 정도의 초등학생.

아마 4학년 아님 5학년이겠지.

코하루와 비슷한 키에 찰랑거리는 검은 머리가 인상적인 그 아이가 쇼마 옆을 지나가는 순간, 그가 그 자리에서 걸음을 멈추고 기세 좋게 돌아보았다.

"……."

멍하니 선 쇼마의 눈은 멀어져가는 초등학생에게 쏠려 있었고 그런 연인의 모습을 코하루가 당황한 듯 바라보고 있었다.

"쇼마?"

"아까 그 여자초등학생……."

"네?"

"진짜 귀여웠어!"

"?!"

오오토리 코하루는 나중에 전했다.

그때 그는 이제껏 보지 못했을 정도로 헤프고 변태 같은 표정을 짓고 있었다고.

◆

"과연, 그러면 천년의 사랑도 식겠네요……."

공원 벤치에 앉아 코하루의 말을 들은 아이리는 솔직한 감상을 늘어놓았다.

똑같이 앉아 이야기를 듣고 있던 미즈하가 질문을 건넸다.

"그래서 오오토리 선배는 어떻게 했어?"

"'쇼마 바보! 로리콘 따위 정말 싫어요!'라고 외치면서 여기까지 도망쳐왔어요……."

"뭐, 유쾌하진 않지. 좋아하는 사람이 다른 아이에게 눈길을 주면."

"미즈하 선배의 말이 맞아요. 오오토리 선배는 아무런 잘못도 없어요."

"미즈하…… 나가세……."

역시 같은 여자인 두 사람이었다.

소녀의 마음을 이해해준다는 사실에 감동한 코하루의 눈이 촉촉해졌다.

참고로 미즈하와 아이리 두 사람은 코하루를 감싸듯 벤치에 걸터앉아 있었다.

코하루가 봤을 때 오른쪽이 미즈하, 왼쪽이 아이리였다.

"미즈하 선배가 오오토리 선배랑 아는 사이라 다행이에요. 나 혼자선 울음을 그치게 할 수 없었을 텐데."

"미안해요, 나가세. 폐를 끼치고 말았네요."

"신경 쓰지 마세요. 학생회 임원으로서 우리 학교 학생이 곤란해하는 모습을 못 본 척할 수 없으니까."

남자에게 엄격한 아이리였지만 사실 곤란해하는 사람을 내버려 두지 못하는 착한 여자아이였다.

"하지만 설마 오오토리 선배의 남자친구가 아키야마 선배일 줄이야…… 세상 정말 좁네요."

"아이리, 쇼마를 알아?"

"네에. 이전에 같이 특훈을 함께 한 적이 있거든요."

"특훈?"

"아뇨, 신경 쓰지 마세요……."

남성 혐오증을 극복하기 위한 특훈이었지만 자세한 건 설명하지 않았다.

수영팬츠 보이즈를 떠올리면 웃음이 나올 것 같았고.

정신을 가다듬고 아이리가 말했다.

"어쨌든 사정은 이해했어요. 그래서 오오토리 선배는 아키야마 선배가 싫어진 거예요?"

"말도 안 돼요! 전혀 싫어지지 않았어요!"

"심한 짓을 하고 울렸는데도?"

"분명, 순간적으로 화가 좀 나긴 했지만……."

다시 기억이 난 건지 살짝 울 것 같은 표정을 짓다가

그래도 귀여운 미소를 보여주며 코하루가 자신의 마음을

전했다.

"로리콘이라고 해도 좀 섬세하지 못해도 난 쇼마가 정말 좋아요."

"오오토리 선배……."

코하루의 기특한 고백에 아이리가 아주 감격해서 눈물을 글썽였다.

"저기, 선배 머리를 좀 쓰다듬어도 될까요?"

"네?!"

"나도 꼭 안아줘도 돼?"

"미즈하까지?!"

아이리에 이어 미즈하도 바람을 드러냈다.

그 이후 두 사람은 코하루를 꼭 끌어안고 머리를 쓰다듬고 말았다.

마음껏 선배를 귀여워하던 아이리가 불쑥 불만을 토로했다.

"그건 그렇고 아키야마 선배는 최악이네요. 이렇게 귀여운 여자친구가 있는데 다른 여자아이에게 눈길을 주다니. 그것도 초등학생을 상대로."

"뭐, 쇼마의 취미는 좀 특수하니까."

살짝 변명을 해주는 미즈하였지만 변명이 전혀 통하지 않았다.

"초등학생에게 지다니, 나에게는 여성으로서의 매력이

없는 걸까요……?"

"그렇지 않아. 오오토리 선배는 정말 귀여운걸."

"맞아요. 선배는 엄청 귀여워요. 이대로 집에 데리고 가고 싶을 정도로."

"아, 고마워요. ……근데 데리고 간다고요?"

잡담은 그 정도로 하고.

선을 벗어난 화제를 미즈하가 되돌렸다.

"그래서 오오토리 선배는 어떻게 하고 싶어?"

"난……."

"응."

"……쇼마와 화해하고 싶어요."

"응, 그렇겠지."

코하루의 대답은 미즈하도 처음부터 알고 있었다.

그녀의 마음을 확인했으니 나머지는 등을 밀어주는 일밖에 없었다.

"하지만 나도 쇼마에게 심한 말을 해버렸고 분명 화가 나 있을 텐데……."

"으─음, 아마 쇼마는 화나지 않았을 거야……."

분명 코하루는 상대의 기분을 확인하는 게 무서울 것이다.

좋아하는 사람에게 미움받는 건 무서운 일이니까.

그런 마음은 미즈하도 아플 정도로 잘 알고 있었다.

"그럼 같이 화해할 방법을 생각해볼까?"

"그래도 될까요?"

"응. 바로 근처니까 우리 집으로 가자. 아이리도 괜찮으면 같이 가지 않을래?"

"그래요. 일단 시작했으니 도중에 관둘 순 없죠."

여기까지 상관해놓고 자신만 제외되는 건 쓸쓸한 일이라며 아이리가 고개를 끄덕였다.

이렇게 여자 3인방은 일치단결하여 코하루와 모 로리콘 남학생의 관계 회복을 위해 동맹을 맺게 되었다.

◇

같은 시각, 학교 근처 패스트푸드점에서.

맞은편에 앉은 친구의 이야기를 다 들은 케이키는 진지한 얼굴로 고개를 끄덕였다.

"응, 그건 백 퍼센트 쇼마 잘못이야."

"그렇지? 나도 그렇게 생각해……."

풀이 죽은 채 어깨를 떨군 꽃미남은 예의 그 사건 속 로리콘 남친, 아키야마 쇼마 그였다.

"앗키 선배는 의외로 최악이네요."

"앗키 선배라니, 날 말하는 거야?"

케이키 옆에서 감자튀김을 집어 먹으며 재차 타격을 가한 건 학생회에서 서기로 일하고 있는 1학년생, 미타니 린이었다.

오늘 그는 평범하게 남자 교복을 입고 있었다.

"린타로는 다른 사람들에게 별명을 붙이는 게 취미야."

"그건 상관없는데 왜 미타니까지 여기 있는 건데?"

"쇼마가 전화를 걸었을 때 마침 같이 있었거든."

20분 정도 전, 도서실에서 우연히 만난 린타로와 가슴에 대한 토론을 하고 있는데 다급한 모습의 쇼마에게서 전화가 걸려왔다.

무슨 일인지 걱정이 돼 허둥지둥 그가 지정한 가게로 달려갔는데 그가 말한 긴급 안건이라는 게 여자친구와의 사랑싸움이라니, 정말 안타까운 이야기였다.

"앗키 선배와는 같이 수영복도 입었던 사이니까요. 재미있을 것 같아서 따라왔어요."

"왠지 대사의 앞뒤가 연결되지 않는 것 같은데······뭐, 됐어."

코하루에게 혼나 절찬 동요 중인 쇼마에게 세세한 것까지 신경 쓸 여유는 없는 듯했다.

주문한 콜라와 감자튀김에도 전혀 손을 대지 않았다.

"그래서 왜 날 불러낸 거야?"

"케이키에게 상담을 좀 하고 싶어서."

"상담?"

"코하루를 화나게 만든 건 사귀고 처음이야. 어떻게 용서를 받아야 할지 모르겠는데……."

"과연."

어쨌든 소녀처럼 쭈뼛거리며 이야기하진 말았으면 좋겠다.

그건 남자가 해도 되는 행동이 아니었다.

"의외네요. 앗키 선배는 경험이 풍부하다는 이미지가 있는데."

"경험이 풍부하긴커녕 코하루가 첫 여자친구야."

"코하루 선배라면 그 체격 작은 사람 말인가요? 늘 파카를 입고 다니는."

"맞아, 맞아. 그 코하루 선배."

꽤 특징적인 모습을 하고 있기 때문에 린타로도 알고 있는 모양이었다.

"그 사람, 귀엽지 않아요? 애완동물같이."

"미타니에게는 넘겨주지 않을 거야."

"아, 그건 괜찮아요. 전 애초부터 글래머 파니까요."

"뭐라고?! 그 작은 가슴이 최고잖아!"

"설마 하던 가슴 전쟁 발발……."

글래머 매니아와 절벽 가슴 신자 사이의 전쟁이 시작되었다.

"앗키 선배는 몰라요! 풍만한 가슴이야말로 여성스러움의 상징! 남자들은 다들 그 부드러움에 치유 받으며 동시에 흥분하잖아요!!"

"아니, 아니야! 약간 봉긋한 가슴이야말로 최고라고! 앳된 모습이 남아 있는 작은 유방이야말로 진짜 매력 있는 존재고 손을 대는 게 망설여지는 배덕감이 우리를 참을 수 없게 하는 법이야!"

"뭐야, 이게……."

결론을 내지 못한 채 두 사람의 말다툼이 한층 더 열기를 띠어갔다.

"글래머예요!"

"작은 가슴이야!"

"오케이, 두 사람 모두. 거기까지만 해두자."

끝나지 않을 전쟁에 케이키가 종지부를 찍었다.

"여성 손님들의 시선이 따가우니까……."

""아…….""

공공장소에서 가슴 논쟁을 하는 남자들에게 세간은 너무나도 차가웠다.

주위 여학생들이나 직장인들에게 경멸의 시선을 받으며 더 이상 그곳에 있을 수 없게 된 세 사람은 도망치듯 가게를 뒤로 했다.

◆

코하루의 사정을 들은 미즈하는 그녀와 아이리를 집에 초대했다.

혼자 사복으로 갈아입는 것도 좀 그래서 미즈하도 계속 교복을 입고 있었다.

방석에 앉은 세 사람이 둘러앉은 작은 테이블에는 이전에 코하루가 연애상담 때문에 방문했을 때도 대접했던 따뜻한 코코아가 놓여 있었다.

"미즈하의 방은 처음 들어오네요."

"전에는 오빠 방이었으니까."

"역시 미즈하 선배, 엄청 정리가 잘 되어 있네요."

"아하하, 깔끔하게 해두지 않으면 신경이 쓰여서."

결벽적인 면이 있는 미즈하는 자기 방 관리도 게을리하지 않았다.

물건이 적은 건 아니었지만 그 모든 것들이 제대로 정리 정돈되어 있었고 여성스럽고 청결감이 느껴지는 공간으로 완성되어 있었다.

평상시라면 이대로 즐겁게 걸즈 토크가 진행됐겠지만, 오늘은 잡담을 하기 위해 모인 건 아니었다.

세 사람에게는 중요한 목적이 있었다.

"그럼 바로 작전 회의를 시작해볼까?"

방을 제공한 미즈하가 의장 역할로 나섰다.

"오늘의 의제는 오오토리 선배와 쇼마를 화해시키는 것입니다. 그걸 위한 방법을 의논해보죠."

회의의 방향을 제시하자 바로 아이리가 '저기요!'라고 손을 들었다.

"네, 아이리 양."

"이번에는 전면적으로 아키야마 선배의 잘못이니 상대가 사과할 때까지 기다려야 한다고 생각합니다! 여기선 남자가 고개를 숙이는 게 성의니까요!"

"과연, 일리 있는 말이야."

애초에 이번 소동의 원인은 쇼마의 경솔한 언동에 있었다.

연인과 걷고 있는데 다른 여자에게 눈을 돌린 죄는 무거웠다.

상대가 반성하고 성의를 표하길 기다린다는 건 나쁘지 않은 선택이라고 생각되었다.

"오오토리 선배는 어떻게 생각해?"

"으—음……하지만 개인적으로는 빨리 화해하고 싶어요."

"알겠어요! 그런 방향으로 진행해보죠!"

코하루의 요망을 받아들여 아이리가 바로 전언을 철회했다.

남자에게 엄격한 만큼 여자에게는 꽤 후한 게 그녀의 장점이자 단점이었다.

다만 회의에서 다양한 생각이 나오는 건 나쁜 일은 아니었다.

"그럼 사죄를 기다리는 작전이 아닌 다른 방향으로. 조기 해결을 염원하며 방안을 내놓아볼까요?"

"'오오-!'"

일치단결하여 의기양양하게 회의를 재개한 세 사람이었지만 현실은 좀처럼 녹록지 않았다.

"으—음, 꽤 어렵네……."

"남자와의 화해는 어떻게 해야 하는지……."

"뭔가 뜬구름 잡는 듯한 이야기네요……."

불과 몇 분 후, 작전 회의는 벌써 정체기에 돌입했다.

처음의 그 기세는 어디로 갔을까?

소녀들의 표정은 어두웠고 한결같이 피곤해 보였다.

"경험 부족이 문제일지도 몰라. 애초에 난 누군가와 사귄 적이 없으니까."

"그렇게 따지면 전 최대한 남자와 상관하지 않으며 살아왔다고요."

"아아, 두 사람이 점점 불안한 방향으로……."

미즈하와 아이리가 암흑 속으로 빠질 것 같은 징조를 보이기 시작하자 코하루가 불안해했다.

다른 사람의 연애상담을 해주는 건 주제넘은 이야기였을지도 모른다.

그런 생각이 미즈하의 머릿속을 스쳤지만 여기서 포기하는 건 너무나도 무책임했다.

"……오빠였다면 요리로 기뻐해 줬을 텐데."

"미즈하 선배?"

"아, 그러니까. 내가 오빠와 싸웠을 땐 저녁에 오빠가 좋아하는 요리를 만들어주거든. 그렇게 하면 거의 다 먹을 때쯤 화해를 하게 돼."

"과연, 직접 만든 요리도 괜찮을지 모르겠네요."

"그래? 그렇다고 해도 도시락을 전해줄 수가 없잖아."

"하지만 착안점은 좋다고 생각해요. 요컨대 아키야마 선배가 기뻐할 만한 일을 하면 되는 거죠."

"쇼마가 기뻐할 만한 일이요……?"

침체 상태에 빠져있던 현장에 비친 한 줄기 빛.

방향성이 정해지자 자신감을 되찾은 미즈하가 소리를 높였다.

"그런 거라면 나에게 맡겨. 쇼마도 포함해서 모든 남자에게 효과를 발휘하는 필살기가 있거든."

"그런 비기가 있나요?!"

"시, 신경 쓰이네요……."

자세한 내용을 알기 위해 코하루와 아이리가 앞으로 몸을 기울였다.

기대에 가득 차 눈을 반짝거리는 두 사람을 향해 미즈하가 만반의 준비를 하고 필살기의 정체를 알렸다.

"즉, 미인계로 나가는 거야."

""······네?""

◇

한편, 패스트푸드점을 나온 남자 3인조는 현재—.
""실례하겠습니다.""
천천히 이야기를 할 수 있는 장소를 찾아 모두가 쇼마의
집을 방문했다.
케이키는 몇 번인가 놀러 간 적이 있지만 린타로는 물론
처음이었다.
"그럼 두 사람은 먼저 방에 가 있을래? 마실 차를 갖고 갈게."
"아, 그 전에 화장실을 좀 빌려도 될까요? 가게에서 못 갔
거든요."
"아, 화장실이라면 이쪽이야."
린타로가 화장실로, 쇼마가 부엌 쪽으로 가버렸기 때문에
케이키는 시키는 대로 2층에 있는 쇼마의 방으로 향했다.
아주 낯익은 친구의 방.
이제 와 사양할 건 아무것도 없었기 때문에 주저하지 않
고 문을 열어젖혔는데—.
"와아아아아아! 쇼의 냄새야아아아아아아아아아!!"
쇼마의 침대에 엎드린 채 베개에 얼굴을 묻고 몸부림치는
짧은 머리의 여성이 보였다.

청바지로 감싼 다리를 버둥거리며 온 힘을 다해 베개 냄새를 만끽하고 있던 건 바로 쇼마의 친누나였다.

"아사히…… 누나?"

"헉?!"

쭈뼛쭈뼛 말을 걸자 겨우 그녀가 케이키의 존재를 알아차렸다.

침대에 엎드린 채 얼굴만 옆으로 돌린 아사히가 입을 쩍 벌렸다.

"어, 어라? 케이?"

"안녕하세요. 실례 좀 할게요."

"아, 응. 어서 와."

"……."

"……."

미묘한 침묵을 사이에 두고 천천히 침대에서 내려온 아사히.

사냥감을 발견한 좀비처럼 다가오더니 갑자기 케이키의 멱살을 붙잡았다.

"부탁이야, 케이! 쇼에게는 말하지 마!!"

"그건 딱히 상관없는데요."

"정말?! 약속이야!! 절대로 말하면 안 돼!!"

"알았으니까 목덜미 좀 놔주세요."

우선 손을 놓게 한 다음 흐트러진 교복을 정리했다.

그 사이에 차분해진 아사히가 '아하하' 하고 멋쩍은 웃음을 지었다.

"이런, 부끄러운 모습을 보여주고 말았네."

"괜찮아요. 전 이런 일에 익숙하니까요."

"내가 말하는 것도 뭣하지만 케이는 대체 어떤 일상생활을 보내고 있는 거야?"

그야 이미 하렘이죠. 귀여운 변태 소녀들만 가득한.

비록 그런 생각을 하긴 했지만 차마 말을 할 수 없었기 때문에 가식적인 웃음으로 얼버무렸다.

"그러고 보니 쇼는 같이 안 왔어?"

"지금 마실 차를 준비하고 있어요."

"그래? ……그런데 케이?"

"왜요?"

"요즘 유우히의 상태가 좀 이상한 것 같은데 무슨 일인지 혹시 몰라?"

"유우히 누나요?"

유우히는 아사히의 쌍둥이 여동생으로 아키야마 가의 차녀였다.

"왠지 그 애가 요즘 계속 멍한 것 같아. 집에서도 학교에서도 마음이 여기 없는 것 같은 느낌이고. 말을 걸어도 마음이 없는 대답만 돌아오고. 게다가……."

"게다가?"

"유우히가 이상해졌어, 케이네 고등학교 축제에 갔던 날부터. 남자친구한테 차이고 홧김에 술을 마셨다고는 들었는데 그날 일은 자세히 가르쳐주지도 않고 학교에서 무슨 일이 있었던 건 아닌지 걱정이 돼서."

"으─음……술에 취해 우리 학교 남학생들을 헌팅하고 돌아다닌 것 같은데 계속 함께 있었던 게 아니라 그 이상의 일은 좀……."

"그래……? 그럼 어쩔 수 없지."

"아사히 누나는 유우히 누나를 정말 아끼나 보네요."

"응? 그야 뭐, 귀여운 여동생이니까."

남동생을 사랑하는 브라더 콤플렉스인 아사히 누나는 똑같이 여동생을 맹목적으로 사랑하는 듯했다.

그리고 그때 화장실에서 볼일을 끝낸 린타로와 쟁반을 든 쇼마가 들어왔다.

"케이 선배, 오래 기다리셨죠?!"

"응? 왜 아사히 누나가 여기 있어?"

"아사히 누나가 네 베개에 얼굴을 묻고 냄새를 킁킁 맡고 있었어."

"말 안 하겠다고 약속했으면서!!"

단번에 약속을 깨버리자 퍽퍽 케이키를 때리는 아사히 누나.

그에 비해 동생 쇼마는 굉장히 냉정하게 쟁반을 테이블에 두고 우롱차가 든 컵을 늘어놓으면서 흥미 없는 듯 답했다.

"딱히 상관없어. 아사히 누나가 이상한 건 늘 있는 일이니까."

"쇼의 반응이 너무 건조해!! 이럴 거라면 평소처럼 화를 내주는 게 훨씬 더 기쁜데!"

흑흑흑, 부자연스럽게 쓰러져 우는 여대생.

그렇게 요란한 아사히를 린타로가 빤히 바라보다가⋯⋯

"앗?! 어디선가 본 적 있는 것 같더니만, 축제 때 만난 변태잖아!"

"변태?!"

"머리를 잘랐다고 해도 속일 수 없어요! 날 포함해서 닥치는 대로 남자애들에게 말을 걸고 다닌 음란한 누나잖아요!"

"난 그런 짓 안 해!!"

전혀 사실무근인 원죄에 충격을 받은 아사히.

역시 좀 불쌍해 보여서 도와주기로 했다.

"린타로, 이 사람은 변태가 아니야. 변태 누나의 언니인 아사히 누나야."

"네? 정말요? 이거 실례했습니다."

"아, 아니. 나야말로 동생이 민폐를 끼친 것 같은데, 미안해."

쌍둥이인 만큼 아사히와 유우히는 쏙 빼닮았다. 잘못 보는 것도 무리는 아니었다.

"아사히 누나, 지금부터 중요한 이야기를 해야 하는데 좀 나가주지 않을래?"

"알았어ㅡ. 그럼 누나는 이만 퇴장할게."

의외로 순순히 승낙하고는 귀엽게 손을 흔들며 아사히가
방을 나갔다.

"정말, 아사히 누나도 참……."

"좋은 누나라고 생각하는데."

"좋은 누나는 동생의 베개에 고개를 묻고 냄새를 맡진
않아."

고생을 많이 한 동생이 깊은 한숨을 내쉬었고 린타로가
대화에 끼어들었다.

"하지만 아사히 누나, 엄청 미인이네요. 변태가 아니라면
꼭 친해지고 싶어요."

"으음ㅡ, 하지만 아사히 누나는 어려울 거야."

"왜요?"

"저 사람, 쇼마를 죽을 만큼 맹목적으로 사랑하는 극도의
브라더 콤플렉스거든."

"아키야마 선배 집에는 정상적인 사람이 없군요……."

로리콘인 남동생에 브라더 콤플렉스인 쌍둥이 자매(그중
한 명은 변태)라는 꽤 개성적인 가족구성이었다.

린타로가 입을 다물자 쇼마가 본론을 꺼냈다.

"그럼 여러분, 지금부터 코하루의 기분을 풀어줄 방법을
의논해보지 않겠어?"

◆

　장소를 바꿔, 키류 가에서는 미즈하가 제안한 '미인계 작전'에 코하루가 당황하고 있었다.

　"미, 미인계…… 말인가요?"

　"응. 선배의 부끄러운 사진을 찍어서 쇼마를 뇌쇄시키는 거야."

　"쇼마를 뇌쇄시키는…….""

　감미로운 울림에 코하루가 동요했다.

　하지만 이 자리에는 파렴치한 행위를 용서하지 못하는 선도위원이 있었다.

　"전 반대예요!"

　미즈하의 작전을 반대한 건 물론 아이리였다.

　"아이리는 왜 반대하는 거야?"

　"오오토리 선배는 아직 어리잖아요? 그런 건 아직 이르다고 생각해요!"

　"선배는 나보다 연상인데."

　"아니, 하지만── 응?"

　이때, 나가세는 문득 생각했다.

　(어라? 이대로 미인계 작전을 결행하면 오오토리 선배의 부끄러운 사진을 합법적으로 볼 수 있잖아……?)

귀여운 여자애를 정말로 좋아하는 나가세였다.

백합 취향의 그녀에게 있어서 그건 거역하기 힘든 유혹이라—.

"……뭐, 어차피 최종적으로 결정하는 건 오오토리 선배니까. 선배가 하고 싶다면 말릴 순 없겠지만요."

"나가세?!"

견실한 학생회 임원도 음란한 사진의 매력에선 이기지 못했다.

"하, 하지만…… 난 이렇게 보이는 대로 절벽이고, 미즈하처럼 나이스 바디가 아닌데……."

"그렇지 않아. 오오토리 선배는 굉장히 귀엽다고 생각해."

"미즈하……."

"체격이 작은 건 오히려 큰 장점이야. 상대는 로리콘이니까 귀여운 선배의 사진을 보면 쇼마도 기뻐할 거야."

"기뻐한다고요……?"

미즈하의 말은 악마의 속삭임이었다.

지금 코하루는 초등학생에게 지고 싶지 않다는 강한 염원을 품고 있었다.

게다가 '쇼마를 기쁘게 해주기 위해'라는 대의명분까지 주어졌다.

그건 사랑하는 소녀가 용기를 쥐어 짜낼 이유로서는 너무 충분했다.

171

"나, 나도…… 쇼마가 기뻐해 줬으면 좋겠어요!"

좋아하는 사람을 위해 결사의 각오로 그녀는 작전을 받아들였다.

만족스럽게 고개를 끄덕인 미즈하가 자리에서 일어나 코하루의 어깨에 손을 얹었다.

"그렇게 결정했다면 바로 옷을 벗어볼까?"

"네? 저기, 나 혼자 벗는 거예요?"

"자, 자, 이것도 연습이라고 생각하고."

"대체 무슨 연습?!"

처음에는 당황하던 코하루였지만 미즈하의 호의를 거절하지 못하고 결국 옷을 벗게 되었다.

테이블을 방구석으로 이동시키고 미즈하와 코하루가 마주보고 섰다.

우선 파카와 교복 상의.

벗은 상의는 의자 위에 걸쳐놓았다.

다음으로 건드린 건 치마.

부끄러운 듯 몸을 비트는 코하루 앞에서 무릎을 세운 후 미즈하는 부드럽게 후크를 풀고 지퍼를 내려서 파란색 치마를 회수했다. 그대로 양말도 벗겨냈다.

그리고 다음은 드디어 블라우스.

새하얀 셔츠 단추를 미즈하가 하나씩 신중하게 풀었다.

앞가슴이 벌어지고 연한 오렌지색 속옷이 보이자 코하루

의 뺨이 수치로 다시 붉게 물들었다.

"부, 부끄럽네요……."

"부끄러워하지 않아도 돼. 여긴 여자들밖에 없으니까."

"아, 네……."

수치심에 목소리를 떨면서도 기특하게 고개를 끄덕이는 코하루.

확실히 이 집에는 여자들밖에 없지만 그 여자들을 성적인 눈으로 바라보고 있는 위험인물이 함께 있었다.

(미즈하 선배가 오오토리 선배의 옷을 벗기고 있어……!!)

변태 백합 작가인 나가세 아이리였다.

방석 위에 정좌한 그녀는 미즈하가 코하루의 블라우스 단추를 푸는 모습을 핏발 선 눈으로 응시하고 있었다.

(옷을 벗길 때마다 미즈하 선배의 손가락이 오오토리 선배의 살결을 만지고……이, 이건 이미 성행위라고 해도 지장 없는 거 아닐까?!)

※아닙니다.

머지않아 모든 단추가 풀리고 미즈하의 손이 블라우스를 벗겼다.

그리고 드러난 건 속옷밖에 입지 않은 망측한 모습의 상급생.

"선배 가슴, 귀여운데."

"미, 미즈하?! 만지면 안 돼요!!"

"커헉?!"

너무나도 자극적인 사건 발생에 아이리가 가슴을 부여잡았다.

해설을 하자면 미즈하가 코하루 등 뒤에서 양손으로 선배의 가슴을 주무르고 있었다.

속옷 너머라고는 해도 이게 남자라면 한 방에 아웃인 범죄행위.

다만 여자끼리라면 아무런 문제도 되지 않았다.

전혀 문제는 아니었지만 약 한 명에게 그 장면은 너무나도 관능적이었다.

(……역시 여자끼리가 최고예요☆)

진리에 이르게 된 그 직후, 아이리는 흥분한 나머지 의식을 잃었다.

갑작스럽게 그 자리에 드러누워 버린 아이리에게로 미즈하와 코하루의 시선이 쏠렸다.

"어라, 아이리, 잠든 거야?"

"학생회 일 때문에 피곤했을까요?"

"깨우는 것도 불쌍하니까. 자게 놔둘까?"

미즈하가 옷장을 열고 얇은 이불을 꺼내 아이리에게 덮어주었다.

"그럼 준비도 다 됐으니까 촬영회를 시작해볼까?"

"그런데 어떤 사진을 찍을 거예요?"

"그러니까……이런 건 어때?"

미즈하가 스마트폰을 조작해 표시된 사진을 코하루에게 보여주었다.

"……네?"

그걸 본 순간 코하루의 얼굴이 숙성된 토마토처럼 새빨갛게 물들었다.

화면으로 보여주고 있었던 건 미즈하 비장의 셀카 사진.

거울에 비친 자신의 알몸을 찍은 것이었지만 모든 부분이 속속들이 드러난 건 아니었다.

한 손으론 촬영용 스마트폰을 들고 비어 있는 손을 몸 앞으로 내밀어 거울에 비쳤을 때 위아래의 중요한 부위가 가려지도록 촬영되어 있었다.

집게손가락이 절묘하게 유두와 비부를 가리고 있는 모양은 정말로 예술.

그러한 기교가 들어간 '원 핑거 셀카'라고 불리는 고도의 사진이야말로 로리콘 남자친구를 뇌쇄시키기 위해 생각한 여학생 진영의 비장의 카드였다.

◇

"그래서 코하루의 기분을 풀어주려면 어떻게 해야 좋을까?"

"무릎 꿇고 빌어. 그것밖에 없어."

"그것 아님 할복이죠"

"무릎 꿇고 비는 건 몰라도 할복은 좀……."

아키야마 가의 2층, 쇼마의 방에서는 신랄한 야유가 날아들고 있었다.

여자친구가 있는 꽃미남에게 나눠줄 상냥함은 없다는 듯이 가차 없었지만 그만큼 오늘의 그는 최악이었기 때문에 동정의 여지가 없었다.

그리고 아무래도 상관없지만 남자 셋이 좌식 책상을 둘러싸고 있는 화면이 몽상적이라 곤란했다.

"으—음, 코하루 선배의 기분을 풀어줄 방법이라……."

"기분이 상한 여자는 상당히 귀찮으니까요. 전력을 다해 빌던지, 상대가 용서해주길 기다리는 수밖에 없지 않을까요?"

"그렇게 오랫동안 코하루를 만나지 못한다면 외로워서 죽어버릴 거야."

"그렇게 선배가 좋다면 왜 초등학생을 칭찬한 거야?"

"로리콘의 슬픈 천성이라고나 할까. 자신의 의사로는 어떻게든 할 수 없었어."

"그, 그래……?"

뭐, 변태가 쉽게 낫는다면 고생도 안 하겠지.

로리콘을 수정하는 것보다 코하루와의 사이를 회복하는 편이 빠르겠지.

"앗키 선배는 그렇게 로리콘인데 무슨 경위로 3학년 선배랑 사귀게 된 거예요?"

"코하루는 원래 나의 스토커였어."

"네? 스토커?"

"그래, 코하루 선배는 1년 가까이 쇼마를 스토킹했어."

"1년이나?! ……얌전해 보이는 얼굴을 하고 꽤 정열적인 사람이네요."

당시의 일을 떠올린 건지 반가운 듯 웃으며 쇼마가 이야기를 이어나갔다.

"내가 코하루와 만났을 때, 처음에는 하급생인 줄 알았어. 파카로 하복 리본 색깔을 숨기고 있었거든."

"그건 내 생각이었어."

"맞아, 맞아. 케이키가 사랑의 큐피드 역할을 해줬지."

그 이후로 약 반년이 되어가는 건가? 꽤 예전 일처럼 여겨졌다.

"처음 고백받았을 때, 사실 연상이라는 말을 듣고 거절했는데 여러 가지 일을 겪으면서 친구부터 시작하게 됐고…… 함께 시간을 보내는 사이에 어느샌가, 응. 날 생각해주는 코하루가 귀여워서 그런 게 신경 쓰이지 않을 정도로 좋아하게 됐어."

"앗키 선배가 정말 좋아하는 '절벽'이고요."

"그건 부정하지 않을게."

"아니, 그건 거짓으로라도 부정해야지."

정말 최악이라니까, 라고 케이키가 어이없어했다.

"그런 사정이 있다면 더더욱 초등학생에게 눈을 돌리는 건 실패였겠네요. 오오토리 선배가 상당히 상처받지 않았을까요?"

"상대는 연상이라는 열등감을 갖고 있으니까. 코하루 선배가 스스로에게 자신이 있는 타입도 아니고, 언제 쇼마가 천연 로리에게로 갈아탈지 안절부절 못하고 있을 텐데 오늘 이 사건이 생겼으니……."

"케이 선배, 이건 어쩌면……."

"그래, 파국의 위기일지도 몰라."

"말도 안 돼!!"

현실을 들이밀자 로리콘의 얼굴이 점점 새파랗게 질렸다.

"……어, 어쩌지? 난 코하루에게 버려지는 거야?"

"그렇게 되지 않도록 회의하는 거 아니야?"

"저도 함께 생각해볼게요."

"케이키…… 미타니……."

큐피드를 자청했던 입장에서 파국을 맞이하면 기분이 개운치 않을 것 같았다.

게다가 케이키는 코하루를 좋아했다.

그녀가 슬퍼하는 모습은 보고 싶지 않았으니 지금은 진심으로 협력할 생각이었다.

"이번에는 쇼마가 잘못한 거니까 이쪽에서 성의를 보여주지 않으면 안 될 것 같아."

"기분을 풀어주려면 상대가 기뻐할 만한 일을 해주는 게 좋아요."

"코하루가 기뻐할 만한 일이라……."

"참고로 오오토리 선배의 취미는 뭔가요?"

그 질문에 쇼마와 케이키가 얼굴을 마주 보았다.

"코하루의 취미라면……."

"그래, 쇼마를 도촬하는 거지."

"굉장히 공격적인 여자친구네요……."

코하루의 생태를 모르는 린타로가 살짝 정색했다.

"하지만 사진은 나쁘지 않다고 생각해. 코하루 선배라면 분명 기뻐할 거고."

"그럼 최고로 멋있는 나의 사진을 찍어서 보내면……."

"화해는 틀림없겠지."

쇼마의 발언이 최고로 기분 나쁜 것을 제외하면 대략적으로 괜찮은 안건이었다.

다만 문제도 있었다.

"하지만 내 사진이라면 거의 다 갖고 있을 텐데."

"그게 문제야……."

코하루는 1년에 걸친 스토커 행위 동안 쇼마의 다양한 사진을 찍어 모아뒀다.

등하교 중인 쇼마는 물론, 테니스부에서 최선을 다하는 체육복 차림의 사진, 교실에 앉아 조는 모습을 포착한 것도 있었다.

방대한 수에 달하는 그녀의 컬렉션.

그것들을 뛰어넘는 사진이 아니라면 코하루의 기분을 풀어줄 수 없겠지.

"그렇다면 코하루 선배에게도 없는 레어한 사진을 준비할 필요가 있어."

"코하루에게 없는 사진이라······."

"앗키 선배의 어릴 적 사진은 어때요?"

"오오, 그거 좋은 아이디어 같은데?"

확실히 과거 사진까지는 코하루도 찍을 수 없었을 것이다.

꽤 좋은 제안이라고 생각했지만 쇼마의 반응은 딱히 좋지 않았다.

"옛날 사진 말인데, 전에 아사히 누나랑 유우히 누나가 인화해서 코하루에게 거의 다 전해줬어. 코하루가 엄청 기뻐했었지."

"뭐야, 이미 제공한 거예요?"

"누나들도 보여주고 싶어서 참을 수 없었을 거야."

코하루와 쌍둥이 자매의 관계가 양호한 건 기쁜 일이지만 이번에는 예상이 틀어지고 말았다.

레어한 사진의 허들은 점점 올라갔다.

"코하루 선배도 모르는 레어한 쇼마……."

"코하루가 모르는 레어한 나……."

주어진 어려운 문제에 머리를 감싸는 2학년들.

그때, 또다시 후배가 문득 어떤 생각을 떠올렸다.

"그럼…… 누드는 어때요?"

"'누드?!'"

"아하하, 역시 안 되겠죠? 죄송해요, 잊어주세요."

"아니, 안 된다기보다……."

"오히려 괜찮을지도 몰라."

"네……?"

"쇼마의 누드 사진이라니, 코하루 선배라면 울면서 기뻐할걸!"

"틀림없어!"

"그 선배는 대체 어떤 사람이에요?"

스토커이자 도촬마이자 누드를 좋아하는 사람.

린타로 머릿속의 코하루 이미지는 굉장한 것으로 변해가고 있었다.

"아니, 내가 말하긴 좀 그렇지만. 여자친구에게 누드 사진을 보내다 까딱 잘못하면 변태 되는 거 아니야……?"

"확실히……."

"변태는 곤란해……."

코하루라면 기뻐할 것 같은데.

그래도 만에 하나 그녀가 '누드 사진을 보내는 사람은 좀……'이라고 생각해버리면 돌이킬 수 없게 된다.

　누드 사진은 하이 리스크 하이 리턴. 실패했을 때의 대가가 너무 컸다.

　"누드가 안 된다면 속옷 차림은 어때?"

　"그럼 알몸이랑 다름없잖아."

　"그것도 그러네."

　"……아니, 잠깐만?"

　케이키의 머릿속에 한 가지 아이디어가 떠올랐다.

　"딱 맞는 게 있잖아…… 팬티와 다름없는 천 면적으로 이성에게 보여줘도 변태 취급받지 않는 마법의 아이템이!"

　"앗, 그래……!"

　"있네요, 그러고 보니!"

　쇼마와 린타로도 아이템의 정체를 깨달았다.

　"""""수영복이다!"""""

　그래, 팬티가 아닌 수영복이라면 아무런 문제가 없었다.

　변태는 좀……이라며 이별의 말을 들을 걱정도 없을 것이다.

　"수영팬츠 모습의 사진을 보내면 기뻐할 거야!"

　"그래!"

　"바로 촬영하자!"

　이렇게 남자팀은 '최고로 멋진 쇼마의 수영복 차림'을 카메라에 담기 위해 촬영회를 열기로 했다.

◆

"무, 무리, 무리, 무리!! 이런 건 무리예요!!"

"그래? 이 사진을 보내면 쇼마도 단번에 넘어올 텐데."

"내가 부끄러워서 죽을 것 같아요!"

미즈하가 샘플로 보여준 사진은 코하루에게는 자극이 너무 강했다.

원 핑거 셀카.

거울을 이용하면 손가락 하나로 유두와 비부를 가린 셀카가 가능해지는 고도의 촬영술이었다.

그 비법을 구사해서 촬영된 미즈하의 사진은 동성인 코하루조차 제대로 직시하지 못할 정도로 파렴치했다.

미즈하에 의해 옷이 벗겨진 속옷 차림의 코하루도 꽤 파렴치했지만 그건 둘째 치고.

"······아니, 미즈하, 용케 이렇게 부끄러운 사진을 찍었네요."

"익숙해지면 기분 좋아."

"익숙해지고 싶지 않아요!!"

"뭐, 보낼지 아닐지는 찍고 나서 결정하는 걸로 하고 시험 삼아 해보는 게 어때? 찍는 건 공짜니까."

"하, 하지만······."

"쇼마를 위해, 쇼마를 위해♪"

"미즈하, 너무 재미있어하는 거 아니에요!?"

결국 쇼마를 위해서라는 말에 거절하지 못한 코하루는 직접 속옷을 벗었다.

친구 집에서 전라가 되는 수치 플레이를 버티면서 전문가인 미즈하의 설명을 들어가며 큰 거울 앞에서 스마트폰을 한 손에 들고 분투하기를 약 10분.

많은 희생과 바꿔 그 사진이 완성되고 말았다.

"아······응. 이건 안 되겠다."

"아, 안 되겠어요?"

"응. 뭔가 논리적으로?"

"논리적으로?!"

"조심스럽게 말해서 아동 포르노라고 할 수 있을 것 같아."

"아동 포르노?!"

코하루의 스마트폰에 표시된 사진은 일반 공개가 가능한 상품이 아니었다.

원인은 말할 것까지도 없이 코하루가 초등학생으로밖에 보이지 않는다는 것.

속옷조차 벗어 던지고 결사의 각오로 촬영에 임했는데 기다리고 있는 건 자율 규제라는 이름의 비극이었다.

참고로 촬영을 끝낸 코하루는 알몸에 타월을 두른 모습이었다.

"어쩔 수 없으니 무난하게 속옷 차림으로 할까?"

"그것도 꽤 자극이 강할 것 같은데……."

일단 찍어보았다.

이번에는 거울을 사용하지 않은 평범한 셀카라 간단했다.

다만 완성된 사진은―.

"이건 이것대로 범죄의 냄새가 나는데……."

"만약 이걸 쇼마가 갖고 있다면 바로 체포될 안건이네요……."

역시 속옷 차림의 초등학생으로밖에 보이지 않아서 단념.

미소도 완벽한데 바람직하지 않은 느낌을 전면에 내세우고 있었다.

"배덕감 발군인 어린이 체형이라 미안해요……."

"나야말로 뭔가 미안해."

"윽, 흐윽, 난 이제 시집도 못 갈 거예요……."

역시 마음이 상한 것인지 속옷 차림의 코하루가 위축되었다.

"하지만 결과적으로는 다행일지도 몰라. 냉정하게 생각해서 이런 사진을 보내면 굉장히 음란한 아이라고 생각할지도 모르니까."

"이제 와서 너무 늦은 거 아니에요?!"

설마 하던 태도의 돌변. 다만 방향성이 다르다는 걸 알게 된 건 수확이었다.

"막다른 벽에 부딪쳤으니 좀 쉴까?"

"그래요."

"침대에서 좀 쉬고 있어."

"고마워요."

속옷 위에 타월을 두르고 침대 끝에 털썩 앉은 코하루.

그 옆에 미즈하도 걸터앉았다.

밖은 이미 어두워졌지만 다행히 촬영 전에 커튼을 치고 불을 켜두었다.

기절하듯 잠들었던 아이리는 아직 눈을 감은 채였다.

"……안 되겠네요, 나."

"선배?"

"연인이 잠시 다른 사람을 칭찬했다고 화를 내다니. 사귀기 전에는 쇼마가 초등학생을 넋 놓고 봐도 그렇게까지 감정적으로 변하지 않았는데."

"……."

"쇼마와 사귀기 전의 난 정말 쇼마밖에 보지 않았어요. 이렇게 사람을 좋아하게 될 일은 더 이상 없을 거라고 생각했어요."

"지금은 달라?"

미즈하가 묻자 코하루는 대답을 얼버무리듯 미소 지었다.

"분명 좋아한다는 마음에 상한선은 없겠죠. 연인 사이가 되고 함께 있는 시간이 늘어나면서 내 안에서 마음이 점점 커졌어요. 쇼마를 전보다 훨씬 더 좋아하게 되고 말았죠."

"……그래?"

그 이야기를 듣고 미즈하는 마음이 풀어졌다.

사귀기 전과 이후, 코하루의 마음에 변화가 일어난 이유를 알았으니까.

"쇼마를 좋아하는 마음이 커져서 쇼마가 다른 아이에게 눈 돌리는 걸 용서할 수 없었을 거야."

"아……."

스스로도 깨닫지 못했던 감정을 미즈하가 알아맞히자 너무 부끄러운 나머지 코하루의 뺨이 순식간에 빨개졌다.

"후후, 알콩달콩한 것 같아서 부러운데."

"아아, 구멍이 있으면 들어가고 싶어요……."

새빨개진 얼굴을 양손을 가린 코하루가 귀여웠다.

이건 무슨 일이 있어도 남자친구와 화해하게 해줘야 할 것 같았다.

"그럼 힘내서 화해 방법을 생각해봐야겠네."

"네! ……아, 하지만 너무 부끄러운 건……."

"아하하, 알았어."

코하루의 누드 사진이 여러 가지로 위험하다는 건 체험을 끝냈다.

"으—음, 미인계 작전 자체는 나쁘지 않은 것 같은데……."

"쇼마도 남자니까 흥미가 있을 것 같긴 해요…….."

"알몸은 논외로 하고 속옷 차림도 안 된다면…….."

침대에 앉은 채 생각에 빠진 두 사람은,

""……앗?!""

동시에 한 가지 대답에 다다랐다.

전라만큼 자극적이진 않지만 속옷에 버금가는 파괴력을 자랑하는, 로리스러운 코하루가 입어도 범죄의 냄새가 나지 않는 꿈의 의상.

그 아이템의 이름은—

""수영복!""

◇

다음 날, 학교 중앙정원에 쇼마와 코하루의 모습이 보였다.

벤치에 앉은 두 사람은 어제의 소동이 거짓말인 것처럼 사이좋게 도시락을 먹고 있었다.

그런 러브러브 커플을 2층 복도에서 지켜보는 두 사람의 인영이 있었다.

"오오토리 선배랑 쇼마, 화해해서 다행이야."

"그러게."

코하루와 쇼마의 관계 회복에 협력했던 미즈하와 케이키

였다.

"설마 미즈하도 같은 걸 생각했을 줄은 몰랐는데."

"보통 수영복 사진을 보내진 않잖아."

촬영을 끝낸 쇼마가 사죄 문자와 수영복 사진을 보냈고 거의 같은 타이밍에 코하루도 그녀의 수영복 사진을 쇼마에게 보냈다.

쇼마는 무난한 수영복 차림으로, 코하루는 핑크 프릴이 귀여운 비키니 차림으로.

두 사람은 우연히도 자신의 수영복 사진을 동시에 서로 보낸 것이다.

케이키에게도 보여줬는데 눈부신 미소를 지으며 피스를 하고 있는 코하루가 정말 귀여웠다.

사진의 배경이 미즈하의 방이었기 때문에 여동생이 코하루에게 협력했다는 것을 알았다.

"코하루 선배 사진을 보고 쇼마가 엄청 몸부림쳤어."

"선배도 기뻐했어. 수영복 차림의 쇼마는 레어하다고."

"퀄리티에 집착한 보람이 있었네."

쇼마의 촬영회 같은 유감스러운 이벤트를 완주할 수 있었던 건 오로지 코하루를 기쁘게 해주고 싶다는 마음이 있었기 때문이었다.

"선배의 수영복도 운전기사 아저씨가 갖고 와주셔서 정말 다행이었어."

"운전기사 아저씨가 수영복도 갖고 와주시는구나."

오오토리 가의 운전기사는 왠지 힘들 것 같았다.

어쨌든 쇼마와 코하루가 무사히 화해할 수 있는 건 기쁜 일이었다.

"수영복이라고 하니 예전 생각이 나는데, 또 다 같이 수영장 가는 것도 괜찮을 것 같아."

"수영장……."

혼자 불쑥 중얼거리다 입을 다문 미즈하가 약간 얼굴을 붉혔다.

"아……."

뒤늦게 케이키도 떠올리고 말았다.

수영장이라면 그녀에게 처음으로 입술을 빼앗겼던 장소였다.

"아, 아니, 그럴 생각은 아니었는데…… 저기, 미안."

"아니, 괜찮아……."

순간적으로 얼버무렸지만 아무래도 어색한 느낌.

어색한 분위기로 변할 걸 알고 있었기 때문에 이런 화제는 피했는데 무심코 입을 놀리고 말았다.

일단 이 미묘한 분위기를 어떻게든 해야 했다.

"그, 그리고 보니 코하루 선배는 왜 학교 수영복을 안 입었어? 선배는 학교 수영복이 잘 어울렸는데."

"아―, 그건 말이지? 한 번 시험해봤는데……."

"응?"

"학교 수영복은 공연히 배덕감이 들어서……."

"아아……."

너무 잘 어울리는 것도 문제인 듯했다.

아까와는 다른 의미로 미묘한 분위기가 흐르고 있었다. 정말 어떻게 해야 할지 고민하고 있는데 갑자기 주머니 속에서 스마트폰이 울렸다.

"……아, 문자다."

"누구야?"

"유우히 누나."

"또 새로운 여자랑……."

"응? 아니, 유우히 누나는 쇼마의 누나야."

"하지만 오빠는 연상을 좋아하니까……."

"유우히 누나와는 아무 일도 없었어."

걱정하지 않아도 미즈하가 의심할 만한 일은 아무것도 없었다.

"그래서, 뭐래?"

"아아, 그게 말이지―."

답장을 보내던 손을 멈추고 스마트폰에서 고개를 들었다.

"오늘, 유우히 누나랑 차를 마시게 됐는데."

"……흐음, 그렇구나?"

바람을 의심하기에는 충분한 진술에 미즈하의 눈에서 빛

이 사라졌다.

◇

그건 어제 쇼마의 촬영회를 하고 있을 때 일어난 일이
었다.

"나, 잠깐 화장실 좀. 우롱차를 너무 많이 마셨나 봐."

"알겠어요! 카메라는 저에게 맡겨주세요!"

"천천히 다녀와!"

스마트폰을 들고 묘한 프로 의식을 보이는 린타로와 수영
복 팬츠 한 장만 입은 로리콘의 배웅을 받으며 케이키는 방
을 나갔다.

불을 켜고 부리나케 계단을 내려갔다.

아키야마 가의 1층으로 내려섰을 때, 마침 현관문이 열리
고 롱스커트를 입은 유우히가 집으로 들어왔다.

"다녀왔습니다…… 응?"

"아, 유우히 누나. 지금 오세요? 실례 좀 하고 있었어요."

"케, 케이?!"

케이키의 얼굴을 보자마자 비명 같은 소리를 지르는 유
우히.

좀 오버라고 생각되는 반응에 케이키가 고개를 갸웃거
렸다.

"유우히 누나?"

"아, 미안. 케이가 있을 줄은 몰랐으니까, 마음의 준비를 못 해서."

"마음의 준비?"

뭐지?

오늘의 유우히는 왠지 좀 이상했다.

구체적으로는 언동이 두루두루 이상했다.

(아까 아사히 누나가 유우히 누나의 상태가 좀 이상하다고 했는데…….)

아사히의 말을 납득할 수 있는 정도로 상태가 어딘가 좀 이상했다.

뭔가 고민이라도 있는 걸까?

신경은 쓰였지만 지금은 무엇보다 먼저 자신의 방광이 궁지에 몰려 위태로웠다.

"저기, 그럼 전 이만—."

화장실에 가고 싶다고 말하며 이탈하려고 했는데,

"저, 저기, 케이!!"

뭔가 굉장한 기세로 유우히가 불러 세우고 말았다.

무시할 수 없어서 결사적으로 요의를 참으며 응대했다.

"왜, 왜요?"

"저기, 괜찮으면 다음에 같이 차라도 마시는 게 어때?"

"차요?"

"축제 때 일을 사과하고 싶고 보답도 하고 싶은데."

"아아……."

축제 때라고 하니 만취 상태의 유우히가 학생들을 유혹하고 다녔던 사건이 생생하게 기억났다.

그때 위험인물로 학생회로부터 마크를 받았던 유우히를 확보한 게 케이키였다.

술에 취한 그녀의 투정을 들어주고 실컷 끌어안기다 그녀는 그대로 깊은 잠에 빠졌지만 최종적으로는 신병을 가족들에게 인계하면서 사건은 해결되었다.

"사과 같은 건 안 해도 돼요. 별것 아니었으니까."

"아, 안 돼!! 그럼 내 마음이 편하지 않아!"

"네……?"

전에 없이 물고 늘어지는 유우히 누나.

그리고 슬슬 정말 케이키의 방광이 한계였다.

"알겠어요. 차 한잔하는 것 정도라면."

"저, 정말?!"

"진짜예요. 진짜니까 이제 슬슬……."

"슬슬?"

"슬슬 한계니까 화장실 좀 가게 해주세요!"

"?!"

그 이후 뛰어든 화장실에서 방광은 무사히 구할 수 있었고 유우히는 불러 세웠던 걸 몇 번이나 사과했다.

그리고 다시 연락처를 교환하며 함께 차 한잔하자는 약속
을 했다.

계기는 동생이 다니는 고등학교 축제에 찾아갔을 때의 일.

당시 좋아했던 남자에게 차이고.

그 충격으로 퍼붓듯이 술을 마셨다.

만취 상태의 머리로 '그래, 나도 헌팅을 하는 거야'라는 생각에 이르렀고 젊은 남자애들이 모인 사립 모모사와 고등학교로 향한 10월의 마지막 일요일.

그곳에서 닥치는 대로 남자애들에게 말을 걸고 다녔다.

변태라고 불렸지만 신경 쓰지 않았다.

애초에 술을 마신 상태였고 수치의 감각은 완전히 마비되어 있었으니까.

그런데도 알코올은 '외롭다'라든가 '슬프다'라든가 그런 마이너스 감정을 달랠 주지 않았다…….

정처 없이 건물을 배회하며 무턱대고 귀여운 얼굴의 남자아이를 헌팅하고 있을 때 말을 걸어준 게 그였다.

그는 남동생의 친구로.

지금까지도 몇 번인가 만난 적이 있었고.

놀릴 때 반응이 재미있는 연하의 남자아이 정도로밖에 보지 않았기 때문에 자신이 그를 좋아하게 될 거라는 건 생각지도 못했다.

그 이후 연행된 교실에서 그는 친절하게 이야기를 들어주었다.

처음에는 대체 뭐 하는 거냐고 화를 냈지만 사귄 지 얼마 안 된 연인에게 차였다는 말을 했더니 상냥한 말로 위로해 주었다.

아마 그건 그에게는 특별한 일이 아니었을 것이다.

상대가 상처 입었기에 당연한 듯 배려를 한 것뿐.

단지 그것뿐, 그 이상도 그 이하도 아니었을 것이다.

하지만 그래서일까?

순수한 그의 말이 가슴을 관통하고 말았다.

술에 취해 있었지만, 그때 그 두근거림은 선명하게 기억하고 있다.

마음이 약해져 있었기 때문에?

차인 지 얼마 안 된 탓에 외로워서?

아마 그럴지도 모르고 스스로가 금방 반하는 성격이라는 것도 자각하고 있었다.

하지만 이유 따위 아무래도 상관없었다.

차가웠던 마음이 그의 말로 확실하게 따뜻해졌으니까.

그건 유우히 인생에서 몇 번인가 경험했던 강렬한 사랑에 빠진 순간이었다.

◇

그날 아키야마 유우히는 인생 사상 최고로 당황해하고 있었다.

11월 하순의 어느 평일 오후, 대학 강의가 끝난 후, 약속했던 상대와 만나기로 한 카페에 들어온 게 몇 분 전.

기합을 넣어 임한 약속 상대는 절찬리에 짝사랑 중인 남자아이였다.

3살 연하의 남자 고등학생과 단둘이라는 시추에이션에 경험이 풍부한 유우히는 격에 맞지 않게 긴장하고 있었다.

그런 유우히의 모습은 알아차리지 못한 채 바로 맞은편에 앉은 교복 차림의 케이키가 가게 안을 둘러보았다.

"흐음, 내부는 이런 느낌이군요."

"여기, 내 친구가 알바하는 가게야."

"그래요? 은신처 같은 분위기가 좋은데요."

"마음에 들었다니 기쁘네."

평정을 가장하고 있었지만 심장은 쿵쾅쿵쾅 뛰고 있었다. 뭔가 이제 답답함을 뛰어넘어 아플 정도였다.

(……왜 내가 이렇게 두근거리는 거지?)

아키야마 유우히는 사랑이 많은 여자. 몇 명의 이성과 교제해온 자타공인 인정하는 연애 상급자였다.

그런데 연하 남자아이를 상대로 두근거리다니, 그녀답지 않은 데에도 정도가 있었다.

의미도 없이 앞머리를 고쳐보고 그런 행동에 첫사랑 중인 여자 중학생 같다고 혼자 태클을 걸었다가 이래저래 마음이 급해지고 바빴다.

하지만 자신에게 여유가 없다는 걸 그에게 들킬 수는 없었다.

연상으로서 최소한의 위엄은 유지하고 싶었다.

"저기, 케이 뭐 먹을래? 여기 롤 케이크 맛있는데."

"그럼 유우히 누나가 추천하는 걸로 할게요."

"맡겨줘."

벨을 누르고 다가온 웨이트리스에게 주문을 전했다.

추천했던 롤 케이크 두 조각.

그리고 유우히는 홍차를, 케이키는 커피를 주문했다.

"……저기, 케이?"

"네?"

"오, 오늘 날씨 좋지 않아?"

"네? ……아, 네. 그러네요."

"응, 응. 정말 날씨가 좋다……."

…….

………….

………………….

(……아니, 단둘이 무슨 말을 해야 하는 거야아아아아아아!!)

유우히의 마음속에서 감정이 폭발했다.

자신이 불러냈음에도 불구하고 아무런 계획도 세우지 않

앉던 것이다.

뜻밖의 날씨 이야기를 듣고 상대도 곤란했을 텐데…….

(역시 쇼도 부를 걸 그랬어…….)

갑자기 단둘이 만나는 건 허들이 너무 높았다.

지금까지 케이키와 만날 때는 대개 쇼마나 아사히가 함께
있었고 그때마다 자연스럽게 이야기를 했던 건 아직 그에게
연애 감정을 품지 않았기 때문일 것이다.

(설마 내가 이렇게까지 바보가 될 줄이야…….)

그래, 지금 그녀는 그야말로 바보였다.

연애 경험이 풍부한 유우히는 마치 순진한 숫처녀처럼 제
대로 말도 못 했다.

(애초에 스무 살인 내가 미성년자와 차를 마시는 게 합법
적으로 괜찮은 건가?!)

※괜찮습니다.

이런 식으로 유우히의 당황해하는 모습은 예사롭지 않
았다.

침착하지 못한 모습의 여대생을 동석자가 걱정할 정도로.

"유우히 누나, 혹시 컨디션이 안 좋아요?"

"그, 그런 거 아니야! 오히려 아주 좋아!"

"그래요? 그럼 다행이지만."

양손을 꽉 쥐고 건강함을 어필하자 그는 안심한 듯 미소
지었다.

(케이가 날 배려해주고 있어…….)

축제 때와 변함없는 그의 상냥함에 심쿵했다.

케이크를 먹기 전부터 분위기가 달달해졌다.

사소한 배려가 참을 수 없을 만큼 기뻤고 평범했던 얼굴조차 멋있게 보이기도 하고, 사랑의 매직은 멈추지 않았다.

"에헤헤~~."

"이번에는 갑자기 웃기 시작하고?! 정말 괜찮은 거 맞아요?!"

"정말 아무렇지도 않아~~."

멈추지 않고 싱긋거려도 모두 오케이.

기본적으로 소녀의 마음은 복잡하지만 가끔 거짓말처럼 단순해지기도 한다.

유우히가 컨디션을 되찾을 즈음 주문한 음식이 나왔다.

테이블 위에 롤 케이크와 음료수가 놓였고 웨이트리스가 '맛있게 드세요~~'라고 말하며 멀어져갔다.

"그럼 먹어볼까?"

"네, 잘 먹겠습니다."

두 사람은 포크를 손에 들고 케이크를 입에 넣었다.

그리고 동시에 얼굴을 반짝거렸다.

"오오, 이 롤 케이크 맛있네요! 폭신폭신하고!"

"그렇지?! 폭신폭신한 이 식감이 최고라니까!"

인간, 맛있는 걸 먹으면 행복한 기분을 느끼게 된다.

처음의 어색함은 흔적도 없이 사라졌고 일품인 케이크 덕분에 두 사람의 대화는 크게 고조되었다.

(다행이다. 케이가 즐거워해서.)

자신이 추천한 케이크를 먹으며 그가 기뻐한다.

그게 유우히로서는 참을 수 없을 만큼 기뻤다.

"하지만 정말 얻어먹어도 되는 거예요?"

"응? 왜?"

"축제 때 일에 대해선 화도 안 났고 사과도 안 해도 되는데."

"으음—, 하지만 폐를 끼친 건 사실이잖아. 케이에게는 여러 가지로 신세를 졌으니까 보답을 하고 싶었어."

"보답이요?"

"그래, 그래. 선배의 호의는 순순히 받는 게 후배의 의무야."

"그럼 사양 않고 잘 먹을게요."

"응."

케이키의 미소에 자연스럽게 유우히도 미소를 지었다.

침대 위에서도 상대가 즐거워하는 건 기쁜 일이었다.

그렇게 두 사람의 접시에서 롤 케이크가 없어질 무렵, 홍차가 든 컵을 유우히가 내려놓는 타이밍에 그가 이야기를 꺼냈다.

"실은 저, 유우히 누나랑 이야기를 하고 싶었어요."

"나랑?"

"아사히 누나가 걱정하고 있어요. 요즘 유우히 누나의 상태가 좀 이상한 것 같다고."

"아사히가……."

짚이는 곳이 있었다.

축제에서 새로운 사랑에 눈을 뜬 이래로 유우히는 자나 깨나 좋아하는 사람만을 생각하느라 멍하니 매일을 보내고 있었다.

그런 유우히를 아사히는 걱정해주고 있었다.

"이상해진 게 축제 때부터라고 듣고 혹시 유우히 누나가 아직 실연을 극복하지 못하는 건 아닌지 걱정이 돼서요. 뭔가 고민이 있다면, 저라도 괜찮으면 이야기를 들어줄게요."

"케이……."

그가 오늘 이렇게 함께 차를 마시게 된 건 분명 이게 목적이었을 것이다.

아사히에게서 이야기를 듣고 유우히가 당시의 실연을 극복하지 못하고 있다고 생각해 이렇게 이야기를 들어주기 위해 만나러 와준 것이다.

"……역시 착해."

"유우히 누나?"

"……."

갑자기 가슴이 뜨거워져서 자신도 모르게 케이키를 빤히 바라보고 말았다.

지금 당장 그에게 좋아한다고 전하고 싶어.

축제 이후, 계속 품고 있었던 마음을 터뜨리고 싶어.

지금 여기서 고백하지 않으면 또다시 답답한 마음을 품은 채 충족되지 못한 날들을 보내게 되겠지.

그렇게 이러지도 저러지도 못하는 상태는—— 싫었다.

"……저기, 케이."

"네?"

"괜찮으면 말인데……나, 나의……."

나의 남자친구가 되어줘.

단 한 마디, 그렇게 말하면 돼.

그리고 받아들여 준다면 거리낌 없이 알콩달콩 보낼 수 있을 것이다.

끌어안아도 되고 마음껏 어리광부려도 된다.

커플이 되면 원하는 만큼 그를 독점할 수 있다.

그런데—.

"나의, 연애상담 좀 해줘!"

정신을 차려보니 유우히는 그런 말을 내뱉고 있었다.

경험이 풍부한 여자가 들으면 어이없어할 만한 최악의 핑계 중 하나였다.

◇

그날 밤. 아키야마 가 2층 장녀의 방에서.

"뭐?! 유우히가 케이를 좋아하게 됐다고?!"

유우히에게서 이야기를 들은 아사히가 의자에서 굴러 떨어질 뻔했다.

"잠깐, 아사히, 목소리가 너무 커!"

"아, 미안. 깜짝 놀라서……."

갑자기 여동생이 방으로 찾아와서는 앉지도 않고 '나, 케이가 좋아'라는 말을 꺼냈으니 놀랄 만도 하지.

"그래서 유우히의 상태가 이상했던 거야?"

"응…… 상사병에 걸려서."

"상사병에 걸린 거야? 그래서 멍하니 있었구나."

드디어 수수께끼가 풀렸다.

유우히의 모습이 이상했던 건 연하남을 짝사랑하고 있었던 게 원인이었다.

"자, 자, 유우히, 일단 앉아."

"응, 실례 좀 할게."

순순히 침대에 걸터앉은 유우히.

의자에서 일어난 아사히도 그 옆에 앉았다.

"그래서, 유우히는 언제부터 케이를?"

"쇼의 고등학교 축제에 갔을 때."

"아아, 역시 그때였어?"

아사히는 현장에 없었지만 술을 마시고 잠든 유우히를 아버지가 차로 데리러 갔다는 건 들었다.

"실연하고 우울해하던 나에게 케이가 상냥하게 대해줘서……."

"흐음, 그래서 사랑에 빠졌다고?"

"……."

아무 말 없이 고개를 끄덕이는 유우히.

여동생이 너무 귀여워서 끌어안을 뻔했지만 그런 분위기가 아니라 참았다.

"그래서, 아사히가 이야기를 좀 들어줬으면 좋겠는데……."

"그건 상관없는데……별일이네. 평소 유우히는 사랑에 빠지면 한눈팔지 않고 열심히 돌진하는 스타일이잖아."

"그렇긴 한데, 이번에는 사정이 좀 다르다고나 할까……."

"무슨 말이야?"

"케이는 지금까지 좋아했던 남자애들과는 달라."

"뭐, 좀 특이한 아이일지도 모르지."

"갑자기 호텔로 가자고 말해봤자 거절당할 것 같고."

"그건 보통 다들 거절할 것 같은데."

갑자기 이성에게 성적인 관계를 요구받으면 누구든 곤란할 것이다.

"축제 때 술김에 끌어안아 봤는데 별로 효과가 없었어."

"그런 짓을 했구나."

"남자들은 적당히 가슴을 들이밀면 넘어온다고 생각했는데 미인계가 통용되지 않을 것 같은 케이에겐 하기 힘드니까……."

"아…… 너무 적극적이면 도망가는 남자가 있을지도 모르지."

"역시 그런가?!"

"응. 나도 남자들이 적극적으로 다가오면 곤란해하거든."

"그, 그럼 케이도?"

"아마, 나랑 비슷한 타입 아닐까?"

"그럼……."

"뭐, 쇼라면 적극적으로 다가와도 웰컴인데."

"그런 전개는 평생 없을 거야."

남동생인 쇼마는 로리콘이었고 누나에 대한 태도도 차가웠다.

그런 모습이 또한 귀여웠지만, 지금은 남동생보다 여동생의 문제가 먼저였다.

"뭣하면 쇼에게도 상담해보지 그래?"

"쇼에게?!"

"케이에 대해 잘 알고 있으니까 조언을 들을 수도 있을지도 몰라."

"으―음……."

"왜? 안 되겠어?"

"쇼는 좀, 섬세하지 못하니까……."

"누나로서 변명해주고 싶지만, 그에 대해서는 나도 동의하는 편이라."

며칠 전에도 귀여운 여자친구를 울렸고.

사랑하는 남동생이 큐피드 역할에 어울리지 않는다는 건 명백했다.

"하지만 쇼를 의지하지 못한다면 좀처럼 접점을 만들기 힘들겠네."

"그렇긴 한데…… 실은 오늘 케이랑 같이 차를 마시러 갔었어."

"정말?"

"응, 축제 때 일을 사과할 생각으로 카페에. 힘내서 고백을 해보려고 했는데 못 했어……아니, 고백은커녕 전혀 다른 말을 해버렸어……."

"뭐라고 했는데?"

"내 연애상담 좀 해달라고……."

"뭐……?"

생각지도 못한 고백에 아사히는 눈을 껌뻑거렸다.

"연애상담 좀 해달라고 했다고?"

"응……."

"좋아하는 사람한테?"

"응……."

"아……."

확인을 받은 뒤 아사히는 자신도 모르게 하늘을 올려다보았다.

"완전 실수했네. 그럼 케이는 유우히가 다른 누군가를 짝사랑하고 있다고 생각할 거야."

"그, 그렇겠지……?"

스스로 자신의 목을 졸랐다고나 할까.

보다 고백의 허들이 올라간 건 부정할 수 없었다.

"뭐, 하지만 연애상담에 관해서는 오케이를 받은 거지?"

"그렇긴 한데……."

"그럼 반대로 생각해보면 되지 않을까?"

"반대로?"

"상담을 해준다는 건 얼굴을 마주할 기회가 있다는 뜻이고 그렇다면 앞으로 많은 이야기를 나누면서 조금씩 친해지면 되잖아."

"아……."

유우히의 눈이 글썽글썽 눈물로 촉촉해졌다.

그리고 감동한 나머지 쌍둥이 언니를 끌어안았다.

"아사히…… 정말 좋아해!"

"그래, 그래. 나도 유우히를 정말 좋아해. ……하지만 포옹이 좀 강한 것 같은데. 괴로워."

여동생의 머리를 쓰다듬으면서 아사히가 미소 지었다.

(……설마 유우히의 연애상담을 해주게 될 줄이야.)

이런 상담은 별로 해본 적이 없었기 때문에 좀 놀랐다.

유우히는 연애에 대해서는 저돌적으로 돌진하며 결과가 어떻든 적극적으로 공격하는 타입이었다.

그래서 이렇게나 신중한 여동생의 모습은 처음이었다.

(어쩌면 그만큼 이번에는 진심이라는 뜻일지도?)

상대는 남동생의 친구였고 굉장히 좋은 아이라 사귄다고 해도 안심이었다.

언니로서 여동생의 사랑을 응원해주고 싶었다.

다음 날 저녁. 목욕을 끝내고 실내복으로 갈아입은 유우히는 침대에 올라가 벽에 등을 기댄 자세로 통화를 하고 있었다.

스마트폰을 통해 연결된 사람은 지금 그녀가 마음에 두고 있는 남자아이였다.

"이런 시간에 미안, 민폐는 아니었어?"

『괜찮아요. 연애상담에 대한 거죠?』

"응, 맞아."

고등학생과 대학생은 좀처럼 시간이 맞지 않았다.

그런 점에서 언제 어디서나 상대와 연락할 수 있는 스마트폰은 역시 편리했다.

사전에 상담이라고 말해뒀기 때문에 스스럼없이 연락할 수 있었고 처음에는 실패라고 생각했던 연애상담은 결과적으로 플러스로 작용했다.

『하지만 정말 제가 상담을 해줘도 괜찮은 거예요? 자랑은 아니지만, 연애 경험이 전혀 없는데.』

"그건 괜찮아. 이렇게 케이와 이야기하는 것만으로도 참고가 되니까."

『참고?』

"샘플링 같은? 상대가 케이와 동갑이거든."

아니, 사실 그 상대는 케이 본인이지만.

『흐음, 상대는 연하군요. 어떤 사람이에요?』

"한마디로 말하면…… 초식계 남자?"

『과연. 어른스러운 타입이네요.』

"그것보다 별로 여자에게 흥미가 없어 보이는 느낌이라."

『네? 그런 남자가 있어요?』

"있고말고……."

널 말하는 건데?

그렇게 솔직히 말할 수는 없었기 때문에 마음속 외침은 가슴속에서 끝내기로 했다.

참고로 케이키는 여자에게 흥미가 없는 게 아니었다.

오히려 남들보다 흥미가 많았다.

다만 자신의 동정은 좋아하는 사람에게 바치겠다느니 뭐라느니 묘한 고집을 갖고 있었기 때문에 딱히 탐하지 않는 것처럼 보이는 것뿐이었다.

실제로는 언제나 가슴을 생각하고 있었다.

"뭐, 어쨌든. 경험이 풍부한 나도 연하의 남자는 처음이라 현역 고등학생인 케이의 의견을 듣고 싶어. 쇼는 취미가 좀 그러니까."

『아아, 쇼마는 로리콘이니까 참고가 되지 않겠네요. 알겠어요. 뭐든 물어보세요.』

"고마워."

이런 기회는 좀처럼 없었다. 그의 취향을 알 기회였다.

"그럼 첫 번째 질문. 케이는 내 가슴을 어떻게 생각해?"

『가슴?!』

"꽤 자신 있는 편인데 좀 더 큰 게 좋으려나?"

『아, 아뇨, 지금도 충분히 멋진 가슴이라고 생각하는데요…….』

"정말?! 가슴 사이에 끼여 보고 싶다고 생각해?!"

『대체 무슨 질문을 하는 거예요?!』

"너야말로 뭘 상상한 건데? 케이, 너무 야해."

『유우히 누나한테만은 그런 말 듣고 싶지 않거든요!』

"후훗."

모습은 보이지 않지만 그의 얼굴이 빨개진 건 알 수 있었다.

그 이후 유우히는 그에게 몇 가지 질문을 더 했다. 기본적인 질문인 좋아하는 음식이라든가 자주 보는 영화 장르라든가, 좀 공격적으로 좋아하는 팬티 색깔이라든가.

질문 내용에 웃었다가 좀 놀랐다가 야한 질문에 당황해 부산을 떨면서도 그는 끈기 있게 이야기를 들어주었다.

"―여덟 번째 질문. 케이 입장에선 연상과의 연애가 가능해?"

『그거야 당연히 가능하죠.』

"정말? 실은 스트라이크 존이 초등학생인 거 아니야?"

『전 로리콘이 아니니까요. 연상은 물론 가능해요.』

"그래? 그냥 가능하구나……."

어쩌지? 자연스럽게 피식피식 미소가 흘러나왔다.

자신에게도 가능성이 있다는 걸 알게 된 것만으로도 기뻐서 참을 수가 없었다.

하지만…….

(……목소리만으로는 부족해.)

이렇게 전화로 이야기하는 것만으로도 즐겁고 기뻤다.

하지만 그것만으로는 부족했다.

모습을 보고 만지고 몸의 전부로 상대를 느껴보고 싶었다.

그런 생각을 하고 있었기 때문일까?

"……데이트하고 싶다."

『데이트?』

"……어라?"

무의식적으로 자신의 소망을 입 밖으로 내뱉고 말았다.

세기의 대실패에 얼굴이 확 뜨거워졌고, 그녀는 서둘러 정정했다.

"아, 아니! 난 호텔이 아닌 곳에서 데이트를 해본 적이 별로 없어서! 그래서 평범한 데이트에 흥미가 있다고 한 건데!"

『굉장한 커밍아웃이네요.』

쓸데없는 말을 내뱉어버린 것 같지만 일단 납득해준 것 같았다.

『흐음…….』

무언가를 생각하는 듯 잠시 침묵이 흘렀고, 다시 그의 목소리가 들렸다.

『그럼 주말에 데이트 연습이라도 해볼래요?』

"뭐?"

『상대는 제가 되겠지만 평범한 데이트라도 상관없다면 동참할게요.』

"괜찮겠어?!"

『상담을 해주겠다고 약속했으니까요.』

"케이…… 고마워!"

연습이라고 해도 상관없었다.

유우히에게는 진짜 데이트였다.

좋아하게 된 남자아이와 하는 첫 데이트였다.

휴일 오전 9시 전, 역 앞 광장의 기념물 앞에서 유우히는 데이트 상대를 기다리고 있었다.

"너무 많이 꾸민 건가……?"

상대는 고등학생이라 복장은 평소처럼 롱스커트에 카디건을 맞춘 차분한 스타일에 화장도 내추럴하게 해봤는데 어떠려나?

손거울을 보면서 앞머리를 매만지고 있는데 머지않아 그가 나타났다.

어두운 남색 슬랙스에 니트와 셔츠를 겹쳐 입은 깔끔한 코디.

사복 차림의 케이키가 유우히를 발견하고 달려왔다.

"안녕하세요, 유우히 누나. 일찍 왔네요."

"안녕. 나랑 데이트 해주기로 했는데 기다리게 하면 미안하잖아."

"오늘 유우히 누나, 엄청 예쁘네요. 옷도 잘 어울려요."

"아, 고마워……."

극히 자연스럽게 칭찬을 받아 하늘에라도 올라갈 듯한 기분이 들었다.

기본적으로는 둔한 주제에 가끔 플레이보이처럼 변해서 대처하기 힘들었다.

초식계 남자라고 방심하고 있다가 생각지도 못한 기습을 당한 것이다.

여자와의 교제 경험은 없는 케이키였지만 많은 여자아이와의 밀회를 거듭하며 쓸데없이 데이트 경험만은 쌓인 상태였다. 그것 때문에 '여자와 만나면 우선 칭찬하라'라는 데이트의 기본은 대충 파악하고 있었다.

"그럼 갈까요?"

"응."

이렇게 시작된 유우히와 케이키의 모의 데이트.

유우히가 평범한 데이트를 소망했기 때문에 휴일 데이트는 평화롭게 진행되었다.

"꽤 재미있었죠?"

"설마 범인이 애완동물인 멍멍이일 줄이야, 정말 예상 밖이었어."

영화관에서 따스한 동물영화를 보고,

"이제 그만 기분 좀 풀어요."

"흐—응, 케이가 이렇게 짓궂은 남자일 줄은 몰랐어."

"유우히 누나가 진심으로 하자고 했잖아요."

게임센터에서 에어 하키에 즐거워하고,

"케이는 노래를 잘하는구나."

"그래요? 유우히 누나가 더 잘한 것 같은데."

"난 친구랑 자주 오거든. 아사히는 같이 가자고 꼬셔도 별로 와주지 않지만."

"아아, 아사히 누나는 음치였죠?"

코인 노래방에서 듀엣으로 노래를 부르고,

"……저기, 케이?"

"네?"

"실은 나, 외설스러운 검은색 속옷을 입고 왔어."

"갑자기 왜 그런 걸 고백하는 거예요?!"

"응? 연하의 남자아이를 유혹하려고 연습한 건데?"

"그런 연습은 안 해도 돼요."

가끔 의미도 없이 그를 놀려보기도 하고.

전화 너머가 아니라 직접 보고 대화하는 게 기뻐서.

좋아하는 사람과 데이트할 수 있다는 게, 함께 있을 수 있다는 게 행복했다.

오후가 되어 패밀리 레스토랑에서 점심을 먹은 두 사람은 소화도 할 겸 대화를 나누면서 큰 공원 안을 산책하고 있었다.

"케이는 서예부에 들어갔다며? 습자도 해?"

"서예부에는 들어갔지만, 글자를 쓴 적은 없어요."

"그래?"

"그 대신 서예부에 사유키 선배라는 굉장히 실력 좋은 사람이 있거든요. 어릴 때부터 서예에 몰두해왔는데 얼마 전에도 콩쿠르에서 상을 받았어요."

"흐음…… 그건 여학생?"

"네에…… 그런데 유우히 누나가 왜 입술을 삐죽거리는 거예요?"

"케이에게 질문 좀 할게. 데이트 중에 다른 여자 이야기를 하는 건?"

"NG……겠네요. 죄송해요."

"으음! 다음부터 조심하도록 해!"

"네, 교관님! 명심하도록 하겠습니다!"

"……."

"……."

"……풉."

"……하핫."

의문의 질 낮은 연극 후, 두 사람은 얼굴을 마주 보며 웃었다.

마치 진짜 남친, 여친 같은 좋은 분위기.

데이트 흐름이 바뀐 건 바로 그때였다.

"어머, 키류?"

"미후유 씨?"

전방에서 다가온 기모노 차림의 소녀가 말을 걸어온 것

이다.

겉모습만 봐서는 고등학생 정도려나? 입가의 점이 인상적이었고 윤기가 나는 흑발을 머리 위로 둥글게 말아 올린 소녀는 유우히가 보기에도 깜짝 놀랄 정도의 미인이었다.

(케이가 아는 사람인가?)

아무래도 케이키의 지인인 듯 한데 어떤 관계일까?

고개를 갸웃거리는 유우히는 놔두고 두 사람은 이야기를 나누기 시작했다.

"이런 곳에서 만나다니 우연이네요."

"그러게요."

"아, 나? 난 새로운 팬티를 사러 왔어요."

"아니, 아무도 안 물어봤는데……."

"어떤 걸 샀는지 볼래요?"

"안 볼 거니까 그 종이봉투는 내려놓으세요."

기모노를 입은 소녀가 종이봉투 속 내용물을 보여주려 했지만 케이키는 필사적으로 저항하고 있었다.

대화에서 배제된 유우히가 설명을 바라며 그의 옷을 잡아당겼다.

"……저기, 케이? 이 아이는?"

"아, 죄송해요, 유우히 누나. 이쪽은 토키하라 미후유 씨. 아까 이야기했던 사유키 선배의 어머니예요."

"뭐?! 어머니?! 너무 젊잖아!"

"어머, 고마워요. 인사치레라고 해도 기쁘네요."

"미후유 씨의 경우, 인사치레라고 말할 순 없지만요. ─그리고 이 사람은 아키야마 유우히 씨. 제 친구의 누나예요."

케이키가 소개하자 유우히가 꾸벅 머리를 숙여 인사했다.

"아키야마 유우히입니다. 처음 뵙겠습니다."

"어머, 그렇다는 건 아키야마의 누님? 사유키에게 아키야마에 대해서는 들었어요. 듣자 하니 초등학생들을 정말 좋아하는 로리콘이라고."

"아하하, 그런 인식은 대충 맞아요."

쇼마를 그렇게까지 정확하게 나타내는 말도 없겠지.

이렇게 멋진 누나가 있는데 어째서 남동생이 로리의 길을 걷게 됐는지 정말 수수께끼였다.

"하지만 왜 키류가 아키야마의 누나와?"

"아아, 그건─."

미후유가 건넨 소박한 의문.

케이키가 대답을 하려는데 질문한 미후유 본인이 막아버렸다.

"헉?! 설마 바람?! 사유키라는 연인이 있으면서 바람을 피우는 거예요? 키류?!"

"네?"

"사유키는 그저 장난이었어요?!"

"잠깐, 무슨 말을 하는 거예요? 미후유 씨?!"

"……케이?"

"미후유 씨 때문에 유우히 누나가 오해를 하잖아요. 농담이라도 그런 말은 하지 마세요."

비교적 진심을 담아 역정을 내자 미후유가 입을 삐죽거렸다.

"정말, 대수롭지 않은 농담이었어요. 그렇게 화내지 말아요."

"난 처음부터 케이를 믿고 있었어."

"엄청 차가운 눈으로 절 봤잖아요."

잘 생각해보면 초식남인 케이키가 그런 짓을 할 리가 없는데 한순간이라도 그를 의심해버린 것을 반성했다.

"애초에 저랑 사유키 선배는 그런 관계가 아니니까요."

"언제든 장가와도 돼요."

"제 이야기 좀 들어주세요!!"

딸의 후배를 괴롭히고 만족한 것인지 미후유가 시선을 유우히에게로 돌렸다.

"저기, 유우히 씨? 나, 유우히 씨에게 묻고 싶은 게 있는데요."

"뭔가요?"

"지금 어떤 팬티를 입고 있어요? 미후유 씨에게만 보여주면 안 될까요?"

"네……?"

잘못 들은 건가?

지금 이 사람이 팬티를 보여달라고 말한 것 같은데…….

"살짝만요! 슬쩍이라도 괜찮으니까 유우히 씨의 팬티를 보여줘요!!"

"네에엣?!"

잘못 들은 게 아니었어!

분명 팬티를 보여 달라고 했어!

"에헤헤~. 뭐 어때요~, 괜찮잖아요~."

"괜찮지 않아요, 곤란하다고요!!"

품위 없는 웃음을 띠면서 양손을 주물럭거리며 여대생에게 접근하는 변태.

보다 못한 케이키가 두 사람 사이에 끼어들었다.

"자, 거기까지! 미후유 씨, 유우히 누나를 성희롱하지 말아주세요."

"네에? 그치만 귀여운 아이가 눈앞에 있으면 어떤 음란한 팬티를 입었는지 신경 쓰이잖아요."

"그런 생각을 하는 건 미후유 씨뿐이거든요. 그리고 모두 다 전부 음란한 팬티를 입은 건 아니니까요."

유우히는 알 길이 없겠지만 토키하라 미후유는 팬티를 정말 좋아하고 음란한 속옷을 다수 보유하고 있는 굳건한 신념의 변태였다.

"그것보다 술 냄새가 나는데?! 설마 미후유 씨, 술 마셨어

요?"

"맞아요! 실은 방금까지 사유키 친구 엄마들이랑 마시다 왔답니다 ♪"

"그래서 분위기가 이상했군요!"

"축제 때 나도 이런 느낌이었을까……?"

자신이 생각 이상으로 케이키와 학생들에게 민폐를 끼쳤을지도 모르겠다.

앞으로 술은 피하겠다고 굳게 맹세하는 유우히였다.

그렇게 아무래도 상관없는 다짐을 했기 때문일까?

아키야마 유우히의 주의는 완전히 미후유에게서 벗어나 있었다.

기모노 차림의 변태 미녀가 아직 사냥감을 앞에 둔 육식 동물의 눈을 하고 있다는 걸 깨닫지 못했다.

"—빈틈 발견!"

"이런!! 유우히 누나, 위험해요!"

"……뭐?"

두 사람의 빈틈을 노려 유우히와의 거리를 좁힌 미후유.

"흐흥, 유우히 씨의 팬티는 어떤 걸까?"

그녀는 양손으로 유우히의 치맛단을 잡고 기세 좋게 위쪽으로 들어 올렸다.

"……꺄악?"

너무 갑작스러운 사태에 순간적으로 치마를 붙잡지도 못

한 채 멍하니 서 있을 수밖에 없었던 피해 여성.

홀러덩 성대하게 말려 올라간 치마의 그 안쪽을 목격한 케이키가 '응?'이라며 이상한 듯 고개를 갸웃거렸다.

"흰색……?"

그의 눈에 '검은색이 아니야?'라는 의문부호가 떠올랐다.

당연하지. 유우히 자신이 데이트 중에 날라리들이 애용하는 검은색 속옷을 입고 있다고 고백했으니까.

그런데 실제로 입고 있었던 건 청초한 순백색 팬티.

그 모순이 의미하는 건…….

"유우히 누나는 혹시……."

"……."

그녀는 의혹의 시선을 받으며 땀을 삐질 삐질 흘리고 있었다.

유우히는 결코 도망칠 수 없다는 것을 깨달았다.

◇

"실은 나, 처녀야."

공원 부지 내에 놓인 벤치에서 유우히는 순순히 자백했다.

"경험이 풍부하다는 것도 전부 다 거짓말이야."

입고 있는 팬티 색깔은 물론 연애 경험이 풍부한 음란한 누나라는 그녀의 설정 자체가 거짓말이었다.

참고로 냉정을 찾은 미후유는 유우히에게 몇 번이나 사과를 한 후 집으로 돌아갔다.

유우히의 이야기를 듣고 옆에 앉은 케이키가 주뼛주뼛 입을 열었다.

"저기, 왜 그런 거짓말을?"

"중학교 때, 같은 반 여자애들 사이에서 아직 그런 경험이 없으면 늦은 편이라는 이야기가 퍼져서. 뭔가 경험이 없다는 게 굉장히 부끄러워져서."

"아아, 왠지 알 것 같아요."

다른 사람에게 동정이라는 게 알려지는 건 왠지 부끄러운 일이었다.

유우히의 마음은 케이키도 이해할 수 있었다.

"그래서 난 첫 경험은 초등학교 때 끝냈다고 말해버렸어……."

"꽤 과장되게 나오셨네요."

"반성은 하고 있어. 후회도 좀 하고 있고."

"그래서, 그 이후로 계속?"

"응, 계속……."

계속, 계속.

허세를 위해 거짓말을 계속 하다 정신을 차려보니 대학생이 되어 있었다.

"그거, 아사히 누나나 쇼마는 알고 있어요?"

"쇼마는 모르지만 아사히는 알고 있어. 사정을 알고 있으니까 다른 사람들 앞에서는 내 말에 맞춰주고 있고."

"과연."

그렇게 자신은 날라리라는 말을 퍼뜨린 것 같았다.

몇 명의 남자랑 만났다거나 격렬한 플레이를 좋아한다고.

쇼마도 그 거짓말을 믿고 있었다.

"다만, 반해버리는 건 정말이라고 할까, 남자들이 상냥하게 대해주면 바로 좋아하게 되어버려. ……뭐, 대부분은 전혀 상대해주지 않지만."

"유우히 누나라면 남자친구 정도는 쉽게 만들 수 있을 텐데요."

"그게 전혀. 주변에 경험이 풍부하다는 말을 퍼뜨린 탓에 대학교 애들이 날 날라리라고 생각하니까……."

"아아……."

"그것 때문에 연애 허들이 높아졌다고나 할까, 정말 남자를 잇달아 바꾸는 것처럼 행동하는 바람에 경험이 풍부한 여자로 통하거든? 그러니까 좋아하는 사람이 생겨도 '가슴 만져볼래?'라든가 '오늘 밤, 호텔로 가지 않을래?'라고 말할 수밖에 없어서……."

"유우히 누나는 대체 누구랑 싸우고 있는 거예요?"

짝사랑 상대에게 '호텔로 가지 않을래?'라고 말할 수밖에 없다니, 완전 벌칙이잖아.

그런 고백을 들으면 그야 상대도 경계하겠지.

"……어라? 그럼 남자친구에게 차였다는 건?"

"아, 그건 사실이야. 그 사람, 같은 대학에 다니지만, 나의 소문은 몰랐거든. 그래서 첫눈에 반했다고 고백하길래 기쁘게 OK했던 거야."

"흐음, 흐음. 그래서요?"

"사귀기 시작한 그 날 데이트 신청을 받았는데 어디 가고 싶냐는 그의 질문에 평소 버릇대로 '호텔'이라고 해버려서……."

"아아……."

그 광경이 눈앞에 떠오르는 듯했다.

유우히가 축제 때, 사귀게 된 그 날 호텔로 남자친구를 유혹했다고 말했는데 그런 속사정이 있었던 모양이다. 남자친구는 유우히의 소문은 모른 채 청초하고 단아한 아이라고 생각했기에 호텔 발언에 충격을 받고 만 것이다.

"모처럼 생긴 남자친구였는데, 하루도 지나지 않아 차이고 외로워서…… 정말 지금 심정으론 남자라면 누구든 괜찮을 것 같아서……."

그래서 남자를 찾기 위해 고등학교 축제에 찾아온 것이었다.

"그럼 경험이 풍부하긴커녕 연애 초심자잖아요."

"맞아. 그런데도 의기양양한 얼굴로 마오의 상담을 해줘서 미안했어."

"아니, 그 취재는 어차피 도움이 되지도 않았으니까요."

마오가 슬럼프에 빠졌을 때의 이야기였다.

첫 경험은 초등학교 때 선생님과 했다고 말한 것도 새빨간 거짓말이었다.

"……난 아사히가 부러워. 주변 사람들에게 휩쓸려서 날라리인 척해온 나와는 달리 한결같이 쇼만을 계속 좋아해왔으니까."

"그건 그거대로 좀 이상한 것 같은데요."

브라더 콤플렉스의 귀감이긴 하지만 건전하진 않은 것 같았다.

"난 이대로 누구와도 사랑을 할 수 없는 걸까……?"

"유우히 누나……."

왠지 모르게 이 사람은 자신과 닮은 것 같았다.

변태 소녀들에게 방해를 받아 연인을 만들지 못하는 케이키.

날라리라고 생각해 사람들이 멀리하는 유우히.

사정은 다르지만 자신을 둘러싼 환경 탓에 누구와도 연애를 하지 못한다는 점에서는 똑같았다.

"딱히, 억지로 자신을 꾸미지 않아도 되는 거 아닐까요?"

"뭐?"

"경험이 풍부하다고 하지 않아도 유우히 누나는 유우히

누나잖아요. 꾸미지 않고 있는 그대로의 유우히 누나도 전 귀엽다고 생각해요."

"흐냐?!"

솔직한 말을 전하자 이상한 소리를 내며 유우히의 얼굴이 새빨개졌다.

자신을 창피하게 한 남자를 향해 뺨을 붉게 물들인 채 촉촉해진 눈을 들었다.

"……실제로 케이는 책임을 져야 한다고 생각해."

"응? 무슨 말이에요?"

여대생의 얼굴을 빨갛게 만든 게 죄라는 걸까?

"뭐, 제가 하고 싶은 말은 있는 그대로의 유우히 누나가 적극적으로 도전한다면 대부분의 남자들은 넘어올 거라는 뜻이에요. 유우히 누나가 짝사랑하고 있는 상대도 쉽게 넘어올걸요."

"그, 그래……?"

"제가 보증할게요."

"……정말?"

아무런 근거도 없는 보증에 유우히는 갑자기 표정이 풀어졌고,

"그럼 최대한 각오해둬."

이해하기 힘든 대사를 뭔가 의미심장한 얼굴로 말했다.

◇

방에 걸린 시계는 오후 9시 20분을 가리키고 있었다.

목욕을 끝낸 유우히는 침대에 엎드려 오늘 데이트를 반추하고 있었다.

"케이는 오늘도 상냥했어……."

오늘 데이트로 점점 더 좋아진 것 같았다.

그와의 시간을 떠올리는 것만으로도 기뻐서 참을 수 없었다.

산책에 기뻐하는 강아지 꼬리처럼 다리를 버둥거리고 있는데 누군가가 방문을 똑똑 노크했다.

"유우히, 아직 안 자?"

"아직 안 자."

"들어가도 돼?"

"들어와."

그녀가 승낙하자 문을 열고 아사히가 얼굴을 내밀었다.

좀처럼 치마를 입지 않는 그녀는 오늘 실내복도 카고팬츠에 셔츠를 맞춰 러프한 스타일을 연출하고 있었다.

몸을 일으킨 유우히가 그 자리에 앉자 아사히도 침대 끝에 걸터앉았다.

"내 이야기 좀 들어봐, 유우히."

"무슨 일이야?"

"아까, 쇼랑 같이 욕실에 들어가려다가 혼났어."

"아하하, 아사히도 참, 질리지도 않고 용케 그런 짓을 계속 하네."

"귀여운 여자친구가 생겼으니까. 쇼가 장가가기 전에 최대한 다정한 시간을 보내야지."

"쇼가 장가를 간다고? 코하루가 시집오는 게 아니라?"

"글쎄? 누나 입장에선 시집을 와줬으면 좋겠는데."

"만약 장가를 간다면 쇼가 신분 상승을 이루는 건가?"

"코하루가 부잣집 딸이니까."

쇼마가 장가를 갈 것인가, 코하루를 아내로 얻을 것인가. 어느 쪽이든 기대되는 미래였다.

"그러고 보니, 유우히는 어땠어? 케이와의 데이트."

"응, 즐거웠어."

"그거 다행이네."

솔직한 감상을 전하자 아사히는 자신의 일처럼 기뻐해주었다.

"하지만 곤란한 일도 생겼어."

"뭔데?"

"좀 더 케이와 함께 있고 싶어졌어."

"와아……."

유우히의 고백에 아사히가 더 쑥스러워하며 얼굴이 빨개졌다.

같은 얼굴이라 본인이 쑥스러워하는 것 같아 재미있었다.

"아사히."

"응?"

"나 케이한테 고백해볼래."

"그래?"

"응."

"성공하면 좋겠다."

"응, 고마워. 힘낼게."

계속 숨기고 있었던 사실 처녀였다는 사실까지 폭로했다.

이제 와서 그에게 숨길 건 아무것도 없었다.

내가 좋아하는 건 너라고 제대로 전할 생각이었다.

월요일 저녁, 유우히는 고백을 실행하기 위해 케이키를 그때 그 카페로 불러냈다.

물론 고백할 거니까 꼭 나와 달라고는 말 못하기 때문에 무난하게 연애 상담을 계속 해줬으면 좋겠다는 뉘앙스의 메시지를 보냈다.

이전과 같은 자리에 교복 차림의 케이키와 유우히가 마주 보고 앉았다.

가게 안에 손님이 별로 없었기 때문에 주문한 음식은 바로 나왔다.

유우히가 홍차, 케이키가 커피를 주문했고 케이크는 주문

235

하지 않았다.

홍차에 우유와 설탕을 투입하고 스푼을 빙글빙글 저어대면서 커피를 마시는 그의 모습을 힐끔 쳐다보았다.

"응? 왜 그러세요?"

"아니, 아무것도 아니야."

몰래 볼 생각이었는데 눈이 마주치는 바람에 깜짝 놀라 시선을 피하고 말았다.

(으윽…… 지금부터 고백할 거라고 생각하니까 긴장돼.)

너무 긴장해서 끝없이 스푼을 휘젓기만 했다.

"저기…… 슬슬 설탕이 다 녹지 않았을까요?"

"그, 그렇겠지?"

"그래서 오늘 상담 말인데요."

"아, 응. 상담 말이지……?"

지난번 실패를 발판삼아 유우히는 오늘을 위해 면밀한 계획을 세웠다.

(쓸데없는 생각 말고 첫 발언에 우선 고백!)

연애상담이 케이키를 만나기 위한 구실이었다든가 그런 세세한 이야기는 뒤로 미루고.

쓸데없는 걸 생각하다가 아무것도 못 하게 되기 전에 어쨌든 마음을 전해버리자는 심플한 작전이었다.

(에잇!)

연하의 남자친구를 손에 넣기 위해 유우히는 몸을 앞으로

쑥 내밀고―.

"사, 사실 내가 좋아하는 사람은―."

"……어라? 거기 있는 사람, 케이키 선배 아니에요?"

"케이니이이이이이이이?!"

설마 했던 방해꾼의 등장에 혼신의 고백은 미수에 그치고
말았다.

깜짝 놀라 '케이' 부분이 해독 불가능한 주문이 되고 말
았다.

(뭐야, 딱 좋았는데!)

고백을 방해한 범인이 누군지 찾기 위해 유우히가 두리번
거리다 가게 입구 근처에 낯익은 교복을 입은 4명의 여고생
이 서 있는 걸 발견했다.

"어머, 정말이네. 그냥 닮은 다른 사람인 줄 알았는데 본
인이구나."

"오빠가 여자랑 같이 있어……."

"어라? 저 사람은 아키야마의……."

금발벽안의 자그마한 여자아이에 굉장히 가슴이 큰 긴 흑
발의 여자아이.

곱슬머리의 어른스러운 여자아이에 머리를 한쪽으로 질
끈 묶은 기가 세 보이는 여자아이.

그런 여고생들이 모여서 이쪽으로 다가오고 있었다.

(젊은 애들이 너무 많잖아?! 게다가 전부 다 빠짐없이 귀

여워!)

그중 한 명, 얼굴을 아는 소녀가 말을 걸었다.

"유우히 언니, 오랜만이에요."

"마오, 취재 이후 처음이네."

"뭐야, 마오 선배, 아는 사람이에요?"

"응, 유이카는 처음 보지? 유우히 언니는 아키야마의 누나야."

"아아, 아키야마 선배의?"

금발벽안의 소녀가 납득한 듯 고개를 끄덕였다. 이 아이는 유이카인 듯했다.

"아키야마의 누나라면 쇼타콘?"

"⋯⋯."

첫 대면에 실례되는 말을 건네는 글래머 미녀에게서 묘한 기시감이 느껴져 그녀를 빤히 관찰했다.

윤기 나는 검은머리에 눈처럼 새하얀 피부⋯⋯그런 외모에 촉이 왔다.

"이 아이가 사유키⋯⋯."

자신도 모르게 치마 앞을 붙잡는 유우히.

그녀의 모친이 치마를 걷어 올렸던 트라우마가 떠오르고 말았다.

그리고 사유키 옆에서 곱슬머리인 여자아이가 꾸벅 고개를 숙이며 인사했다.

"안녕하세요. 오빠의 의붓여동생인 미즈하입니다."

"안녕…… 의붓?"

'의붓' 부분을 강하게 강조한 것 같은데 기분 탓이라고 생각하고 싶었다.

아니, 미즈하의 유우히를 보는 시선이 왠지 차가웠다.

(왜 여동생이 날 경계하는 거지?)

첫 대면일 텐데, 뭔가 마음에 거슬리는 짓이라도 한 걸까?

여고생들에게 둘러싸여 유우히가 곤란해하고 있는데 케이키가 설명을 덧붙였다.

"죄송해요, 유우히 누나. 얼마 전에 여기 롤 케이크가 일품이었다고 서예부 부원들에게 말했거든요. 설마 우연히 마주칠 줄은 몰랐어요."

"아, 그랬구나."

고백 작전 날짜와 겹치다니, 무시무시한 우연이었다.

그녀들의 등장에 가게 안 인구밀도가 상승되었지만 방문 러시는 이걸로 끝나지 않았다.

"앗, 케이 선배랑 서예부의 귀여운 여학생들이네요!"

"별일이네요, 이런 곳에서 만나다니. 그리고 미타니, 시끄러워."

"역시 키류는 아야노의 운명의 상대."

"와아, 왠지 모두 다 집결한 것 같은데?"

또다시 그들에게 다가온 건 서예부 학생들처럼 교복을 입은 고등학생들.

여자애 같은 얼굴의 남자아이와 황갈색 머리를 양 갈래로 묶은 여자아이.

앞머리로 한쪽 눈을 가린 여자아이에 웨이브 머리를 한 여자아이.

(또 여자애가 늘어났어……)

게다가 그녀들도 케이키와 아는 사이인 듯했다.

좋아하는 사람에게 여자 지인이 많은 건 문제였다.

"서예부는 차 마시러 온 거야? 학생회는 지금부터 여자들끼리 모이려고 왔는데."

"남자도 한 명 섞여 있는데요."

웨이브 머리를 한 여자아이가 케이키에게 말을 거는 와중에 앞머리로 한쪽 눈을 가린 여자아이가 유우히 옆으로 다가왔다.

그리고 그녀는 무언가가 생각난 듯 유우히의 냄새를 킁킁 맡았다.

"아키야마의 누나, 오늘은 술 냄새가 안 나네."

"오늘은 안 마셨으니까. 아야노에게도 축제 때는 폐를 끼쳐서 미안했어."

"앗?! 누군가 했더니 축제 때 그 변태잖아요!!"

"변태라고 하지 마!!"

여자애 같은 남자애는 축제 때 유우히가 마지막으로 말을 걸었던 남자아이였다.

그런 느낌으로 조용했던 가게 안이 단숨에 북적거리게
됐다.

지금 현재는 학생회와 서예부, 어느 쪽이 케이키와 차를
마실지에 대한 의논이 한창이었고 두 세력이 서로 말다툼을
하기 시작했다.

자리에 앉을 생각이 없는 듯한 단체 손님을 웨이트리스가
당황한 얼굴로 지켜보고 있었다.

(이건 정말 고백할 만한 분위기가 아니잖아…….)

예상 밖의 사태가 발생하면서 고백 작전은 실패.

미지근해진 홍차를 한 모금 마시고 더 이상 앉아 있을 수
없었던 유우히는 '잠깐 화장실 좀'이라고 말하며 자리에서
일어났다.

"……."

좀 떨어진 곳에서 고개를 돌려 여자애들에게 둘러싸인 그
를 멍하니 바라보았다.

어이없는 표정이긴 해도 열심히 이 자리를 수습하려 하
는, 유우히가 좋아하는 그의 모습.

이렇게 바라보고 있는 것만으로도 가슴이 뜨거워지고 행
복한 기분이 들었다.

그런데—

"아…….."

그때, 유우히는 깨닫고 말았다.

보고 싶지 않았고 알고 싶지 않았던 하나의 잔혹한 진실을.

"……그래. 케이는 그렇구나."

눈물이 나오지 않았던 건 받아들이고 말았기 때문이겠지.

그 광경을 본 후 그녀는 인정하고 말았다.

아키야마 유우히의 사랑은 이제 절대로 이뤄지지 않을 거라는 사실을.

귀가한 유우히가 거실에 들어서자 부엌에서 인스턴트커피를 타고 있던 아사히가 고개를 내밀었다.

"어서 와, 유우히."

"다녀왔어, 아사히."

몇 번을 주고받았는지 알 수 없는 인사말을 서로 주고받았다.

"유우히도 커피 마실래?"

"응, 한 잔 마실까?"

커피를 주문하고 소파에 앉자 머지않아 커피가 배달되었다.

"오래 기다리셨습니다."

"고마워."

머그컵을 받아들고 후— 후— 불며 한 모금 삼켰다.

우유와 설탕을 많이 넣은 유우히가 좋아하는 맛이었다.

"맛있다."

"다행이네."

기쁜 듯 웃으며 자신의 머그컵을 손에 든 아사히도 유우히의 옆에 앉았다.

"엄마랑 아빠는 오늘 늦으실 것 같다고 저녁은 적당히 먹으래. 쇼는 테니스부 사람들이랑 밥을 먹고 올 것 같고."

"그래?"

맞장구를 치며 자신이 제대로 웃고 있는지 자문했다.

스스로는 알 수 없었던 질문의 대답은 바로 그 직후 분명해졌다.

"유우히, 무슨 일 있었어?"

"응?"

"미소를 억지로 짓고 있는 것 같은데."

"……역시 아사히야."

그녀 앞에선 아무것도 숨길 수 없다는 사실에 감탄했다.

쌍둥이 자매라서 그런지 언니는 옛날부터 여동생의 이변에 민감했다.

이해해주는 것 같아서 기쁘긴 하지만.

이럴 때는 좀 곤란했다.

"나 말이야, 실연했어."

"그래, 실연했구……뭐라고?!"

"아사히, 너무 놀라는 거 아니야?"

"그야 놀라지······."

고백한다고는 했지만 이렇게 빨리 행동으로 옮길 줄은 몰랐던 모양이다.

"실연했다는 건 케이에게 고백했다는 뜻이지?"

"아니, 고백도 못하고 단념했다고나 할까."

"응? 무슨 뜻이야?"

"그건······."

어떻게 전해야 할지 망설였지만 유우히는 결국 있는 그대로 말하기로 했다.

"케이에겐 좋아하는 아이가 있으니까."

"뭐? 정말? 분명 여사친은 많은 것 같았는데, 케이랑 사귀는 애는 없는 거 아니었어?"

"지금은 그렇지만. 아마 케이는 아직 자신의 마음을 알아차리지 못했을 거야."

"그럼 아직 너에게도 기회가 있잖아."

"응······하지만 보고 알게 됐어."

유우히의 머릿속에 카페에서 본 광경이 되살아났다.

"······자연스럽게 알게 됐어. 좋아하는 사람의 일이니까. 그런 상냥한 눈길을 나에게는 보내준 적 없거든······."

"유우히······."

"게다가 상대 아이도 케이를 좋아하는 것 같고."

"아─, 그건……."

내버려두면 자연스럽게 사귀게 될 것이다.

주변에서 '리얼충 폭발해'라든가 '얼른 결혼해'라고 생각할 그 정도 분위기였다.

"케이에겐 나중에 좋아하는 사람한테 고백했는데 차였다고 말할 생각이야. 이 이상 거짓으로 연애 상담을 해달라고 할 순 없으니까."

"……그래?"

이야기를 다 듣고 아사히가 쓸쓸한 얼굴로 한 마디 불쑥 내뱉었다.

"유우히가 또 실연을 했구나……."

"또 했다고 하지 마!"

"그치만 사실이잖아."

"아사히는 너무 짓궂다니까! ……결심했어! 나, 오늘은 술 마실래!"

"그건 상관없는데 만취하지 않을 정도로만 마셔."

"술 마시고 리셋한 다음 새로운 사랑을 찾을 거야! 케이보다 훨씬 상냥하고 믿음직스러운 퍼펙트한 남자친구를 찾을 거야!"

"그건 좀 힘들 것 같은데."

"……그치만 이렇게라도 하지 않으면……."

빨리 이 마음을 잊지 않으면, 그에 대한 마음을 끊어버리지 않으면 차가운 감정이 흘러넘쳐서 멈추지 않을 거라는 걸 유우히는 알고 있었다.

"유우히."

"응? 꺄악?!"

아사히가 유우히의 이름을 부르더니 옆에서 꽉 끌어안았다.

"아, 아사히……?"

"참지 않아도 돼. 지금은 나밖에 없으니까."

"아…….."

아사히의 다정한 말을 듣고 유우히의 눈에 눈물이 맺혔다.

벌써 스무 살이었고, 어린애처럼 큰 소리로 울진 않았지만 잠깐 '언니'에게 어리광을 부리고 말았다.

잠시 동안 아사히의 품에서 눈물을 흘린 후. 포옹을 푼 그녀에게 유우히가 고백했다.

"저기, 아사히."

"응?"

"나, 이제 거짓말은 관둘래."

"……응, 그래?"

요컨대 탈 날라리 선언.

경험 풍부한 누나 캐릭터의 이미지를 불식시키고 있는 그대로의 모습으로 살아가겠다는 큰 결단이었다.

"괜찮아. 유우히는 이렇게 귀여우니까. 분명 바로 운명의 사람을 찾을 거야."

"축제 때 케이가 해준 말이랑 똑같은 말이다."

"정말?!"

결정적인 대사가 성대하게 겹치고 말았다는 사실에 얼버무리듯 아사히가 '아하하'라고 웃었다.

덩달아 유우히도 웃고 말았다.

"그러고 보니, 결국 케이가 좋아하는 사람은 누구였어? 나도 아는 애야?"

"으음……."

잠시 생각한 유우히는

"……비밀."

입에 집게손가락을 대고 미소를 지으며 대답을 입속으로 삼켰다.

시원찮은 왕자님이 누구를 보고 있었을까.

그건 아직 조금 더 비밀로 해두자.

11월도 얼마 남지 않은 어느 평일 밤.

맨션 4층에 있는 난죠 가, 그 집 한편에서.

보스턴백에 짐을 채워 넣은 마오가 '후우~'하고 이마의
땀을 닦았다.

"……응, 준비는 다 됐어!"

저녁부터 시작된 짐 꾸리기가 끝난 건 밤 9시를 지났을 무
렵이었다.

내일부터 시작되는 자연 체험 학습. 그 준비를 하고 있었다.

"자연 체험 학습……평소라면 기분 나쁜 이벤트였겠지만
키류와 거리를 좁힐 기회니까. 우물쭈물하다간 다른 누군
가에게 빼앗길지도 모르고……."

전날 케이키와 타카사키 시호의 교제 의혹이 부상한 사건
은 기억에 생생하다.

그 자체는 스토커를 격퇴하기 위한 거짓이었지만 그러다
정말 연인이 된다고 해도 이상하지 않았을 것이다.

시호와의 일은 그런 미래를 방불케 하는 것이었다.

자각이 없을 뿐, 그 둔감한 녀석은 여자들에게 인기가 많
았다.

연적은 순조롭게 그 수를 늘리고 있었고.

이대로면 가까운 미래에 케이키는 서예부의 누군가, 혹은

학생회의 누군가와 사귀게 될지도 모른다.

"하지만 자연 체험 학습이라면 부장님이나 유이카의 방해
는 없을 테니까."

자연 체험 학습은 2학년만 참가하기로 되어 있었다.

동급생으로 한정하면 라이벌은 미즈하와 아야노 정도.

고작 2박 3일이라고 무시하지 마, 반대로 생각하면 3일이
나 사유키&유이카의 방해를 경계하지 않아도 된다는 뜻이
니까.

그렇지 않아도 연적이 많기 때문에 이번 기회에 진전을
노리는 건 당연한 일이었다.

"이번에야말로 그 둔감한 바보를 내 걸로 만들 거야……!"

이런 느낌으로 다가올 자연 체험 학습을 기대하며 난죠
마오는 불타오르고 있었다.

◇

한편 그 무렵, 키류 가의 2층 방에서는 똑같이 미즈하가
짐을 챙기고 있었다.

갈아입을 옷이나 일용 잡화류를 신중하게 가방에 채우면
서 미즈하는 혼잣말을 했다.

"하아…… 요즘 오빠와 평행선을 달리고 있어……."

가장 최근에 접근한 건 학교 수영복을 입고 오빠의 등을

씻겨준 정도였다.

그것도 꽤 열심히 했는데 오빠의 마음을 빼앗기에는 역부족이었다.

약속대로 키스도 참고 있고 스트레스 해소법이었던 노팬티 등교도 좀 음란한 속옷을 입는 것으로 그럭저럭 대용하고 있었다.

요컨대 키류 미즈하는 지금 굉장히 오빠의 사랑에 굶주려 있었다.

"아아, 오빠에게 안기고 싶어. 안아줬으면 좋겠어. 머리도 마음껏 쓰다듬어줬으면 좋겠어. 키스도 해줬으면 좋겠고…… 이뤄진다면 그 이후의 일도……."

사랑하는 이성과 맺어지고 싶다.

그렇게 생각하는 건 사람으로서 당연한 욕구였고 전혀 부끄러워할 일이 아니었다.

문제는 연인 사이가 될 때까지 그런 행위는 보류된다는 것이었다.

매일 좋아하는 사람과 살고 있는 미즈하에게 이 상황은 정말 이러지도 저러지도 못하는 반죽음 상태였다.

차라리 오빠가 플레이보이였으면 정말 편했을 거라고 생각할 정도였다.

"뭐, 그런 오빠는 싫지만……."

역시 자신이 좋아하는 사람은 자신만 봤으면 좋겠다.

다른 여자에게 추파를 던지는 오빠는 당치도 않았다.

"그럼, 나머지는⋯⋯."

대부분의 짐을 챙긴 후 미즈하가 마지막으로 손에 쥔 것.

작은 비닐로 포장된 고무 같은 그것은 이른바 피임 도구였다.

손바닥에 놓인 아이템을 향해 그녀는 진지한 눈길을 보냈다.

"여행지에서는 개방적인 기분이 된다고들 하니까⋯⋯."

살짝 망설인 후 미즈하는 그걸 지갑 안에 슬며시 숨겨놓았다.

"이, 일단! 일단! 오빠에 한해서 그런 일은 없겠지만, 이 세상에선 무슨 일이 일어날지 모르니까! 준비만은 해둬야지!"

누구를 향해 변명하는 것인지, 빠른 말로 지껄인 후 미즈하는 위험물이 든 지갑을 가방 안에 집어넣었다.

◇

또한 같은 시각. 후지모토 가 1층에 있는 욕실에서.

좋아하는 입욕제를 넣은 욕조에 몸을 담그고 아야노가 행복한 한숨을 내쉬었다.

"내일부터 자연 체험 학습⋯⋯."

따뜻한 물로 힐링하며 생각한 건 내일부터 시작되는 자연 체험 학습에 대한 것.

참고로 짐은 이미 다 챙겨놓은 상태였다.

필요한 물품의 리스트를 작성하고 면밀히 체크하며 짐을 정리했기 때문에 빠진 물건은 없을 것이다.

유일하게 마음에 걸리는 건 최근 아무런 진전도 없는 마음속 남자아이였다.

"합숙하는 동안 키류에게 전하지 못하면……."

이 자연 체험 학습에서 아야노는 그에게 중요한 이야기를 할 생각이었다.

"……이제 시간이 없으니까."

시시각각 다가오는 '기한'이 우수한 부회장을 초조하게 만들었다.

사실은 좀 더 빨리 전해야 했는데 좀처럼 말을 꺼내지 못하고 아슬아슬할 때까지 질질 끌고 말았다.

하지만 그것도 이제 한계.

"빨리…… 전해야 해……."

남겨진 시간을 생각하면 정말 이게 마지막 기회.

"나에게는 키류가 필요하니까……."

난죠 마오에 키류 미즈하, 그리고 후지모토 아야노.

같은 남자에게 호의를 품은 세 사람의 운명의 합숙이 시작되려 하고 있었다.

※스포일러를 포함하고 있으니 본편을 아직 읽지 않으신 분은 주의해주십시오.

오래 기다리셨습니다. '귀여우면 변태라도 좋아해주실 수 있나요?' 8권입니다.

이번 표지는 학생회장이 차지했네요. 독자 여러분들도 타카사키 선배의 변태 성벽을 기대하셨으리라 생각하는데 어떠신가요? 지금까지의 변태 소녀들과는 방향성이 좀 다른 느낌이지만 이걸로 학생회 멤버들도 전원의 성벽이 판명되었습니다. 부회장의 냄새 페티시스트부터 시작해 서기의 여장 취미, 회계의 백합 취향에 학생회장의 남의 이성을 빼앗는 취미……

등장인물이 꽤 늘어났는데 이 작품에는 정말 변태밖에 없군요.

참고로 회장의 타카사키라는 성은 사유키의 토키하라와 새라는 한자를 연결해서 이름 지었습니다. 서예부와 학생회 부장들끼리니 재미있고도 유쾌하게 대립하길 바라며 이름을 붙였습니다.

타카사키의 타카를 나타내는 매라는 한자에는 왠지 강한 이미지가 있기 때문에 라이벌의 이름으로 안성맞춤일 것 같았습니다. 매번 캐릭터의 이름을 생각할 땐 꽤 고민하는 편인데 회장님의 이름은 비교적 바로 결정했습니다. 사소한 뒷이야기였답니다.

이렇게 타카사키 선배의 변태도 각성하게 되었는데 앞으로 어떤 식으로 그녀가 이야기에 얽히게 될지 기대해주셨으면 좋겠습니다.

그리고 이번 8권은 무려 클리어 스탠드 피규어가 첨부된 특장판도 동시에 발매되었습니다. 본편의 내용은 완전 똑같지만 책 표지에 sune 선생님이 새로 그리신 특별 버전이 수록되며 서예부 여학생 4명의 귀여운 수영복 차림을 볼 수 있으니 이쪽도 꼭 체크해주세요.

또한 원작 8권과 함께 코믹스 3권도 동시에 발매됩니다.

만화 속에서도 코하루 선배나 아야노가 등장하고 점점 재미있어질 테니 이쪽도 체크해주신다면 감사할 것 같습니다.

그리고 전자 잡지 '하렘'에서 kanbe 선생님의 스핀오프 코미컬라이즈 '귀여우면 변태라도 좋아해주실 수 있나요? 애브노멀 하렘'이 절찬 연재 중입니다. 원작과는 또 다른 분위기의 작품이 만들어지고 있으니 이쪽도 잘 부탁드립니다.

마지막으로 변태 좋아의 애니메이션도 현재 절찬 방송 중입니다. 감독님인 이마자키 씨를 시작으로 한 애니메이션 스태프 여러분, 캐릭터 목소리를 담당하고 계신 배우 여러분, 이렇게 변태들만 모인 성격 강한 작품의 애니메이션을 만들어주셔서 정말 감사드립니다.

원작도 10권을 향해 달려가고 있습니다만 애니메이션에 지지 않을 정도로 계속 이야기 속의 열기가 고조될 예정이니 앞으로도 응원해주시면 정말 행복할 것 같습니다.

　그럼 다음에는 9권에서 만나요.

　　　　　　　　　　　　　　　　　　하나마 토모

KAWAIKEREBA HENTAI DEMO SUKI NI NATTE KUREMASUKA? Vol.8
©Tomo Hanama 2019
First published in Japan in 2019 by KADOKAWA CORPORATION, Tokyo.
Korean translation rights arranged with KADOKAWA CORPORATION, Tokyo.

귀여우면 변태라도 좋아해주실 수 있나요? 8

2020년 2월 7일 1판 1쇄 인쇄
2020년 2월 15일 1판 1쇄 발행

저　　　자	하나마 토모
일 러 스 트	sune
옮 긴 이	심희정
발 행 인	유재옥
본 부 장	조병권
담당편집자	정영길
편　　　집	김다솜 김민지 박상섭 김효연 정영길 조찬희
디 자 인	강혜린 박은정
라이츠담당	박선희 김슬비
디 지 털	전준호 박지혜 이성호
발 행 처	㈜소미미디어
제 작 처	코리아피앤피
등　　　록	제2015-000008호
주　　　소	서울시 마포구 토정로222, 403호 (신수동, 한국출판콘텐츠센터)
판　　　매	㈜소미미디어
마 케 팅	한민지 한주원
물　　　류	허석용 최태욱
전　　　화	편집부 (070)4164-3962, 3963 기획실 (02)567-3388
	판매 및 마케팅 (070)4165-6888, Fax (02)322-7665

ISBN 979-11-6507-285-8 04830
ISBN 979-11-6190-647-8 (세트)